把一部分时间留给陌生人

如何开一家受欢迎的民宿

午候 著

中信出版集团 · 北京

图书在版编目（CIP）数据

把一部分时间留给陌生人 / 午候著 . -- 北京 : 中信出版社 , 2018.1

ISBN 978-7-5086-7141-3

Ⅰ . ①把… Ⅱ . ①午… Ⅲ . ①随笔－作品集－中国－当代 Ⅳ . ① I267.1

中国版本图书馆 CIP 数据核字 (2017) 第 262556 号

把一部分时间留给陌生人

著　　者：午　候

出版发行：中信出版集团股份有限公司

（北京市朝阳区惠新东街甲 4 号富盛大厦 2 座　邮编　100029）

承 印 者：北京利丰雅高长城印刷有限公司

开　　本：880mm×1230mm　1/32　　印　　张：7.5　　字　　数：106 千字

版　　次：2018 年 1 月第 1 版　　印　　次：2018 年 1 月第 1 次印刷

广告经营许可证：京朝工商广字第 8087 号

书　　号：ISBN 978-7-5086-7141-3

定　　价：49.80 元

Home

Contents

目　录

Chapter 2

如何让你知道我

Chapter 3

民宿——发现生活的另一种可能

Chapter 4

小民宿也有春天

Welcome

推荐序

当然，我还是坐在小咖啡馆里，但这次不是我自己的咖啡馆，而是在杭州和创园的一间设计师小咖啡馆里。我要了一壶耶加雪菲，打开电脑，开始一个人生第一次。

本来，按本国常理，都这把年纪了，早就应该心如止水，罕有人生新的第一次了。即便有，也应该是不想尝试，不屑尝试，或者不敢尝试了。可我偏偏不信邪，此刻给自己斟满一杯咖啡，准备人生第一次给人家的新书《把一部分时间留给陌生人》写序。

2012 年 6 月，我的新书《就想开间小小咖啡馆》由中信出版社出版，现在回想起来，过程有点小小传奇。从投稿到出版，为期不到四个月。当时的我，提供不出任何能够支撑一家大出版社为我出书的相关数据，没有资源，没有渠道，只是一个身兼店小二，每天在自己的咖啡馆为人煮咖啡，陪人闲聊，空下来喜欢写写字的小咖啡馆老板。感谢中信出版社李静媛女士的慧眼，一夜读稿，第二天给我打了一通电话，成就一个“畅销书作家”。快五年了，《就想开间小小咖啡馆》不仅是当年的畅销书，而且成了常销书，至今依然在亚马逊时尚生活类图书排行榜上名列前茅。

《就想开间小小咖啡馆》的序是我自己写的，一来时间仓促，没有大咖人脉，根本找不到人替我写序；二来我本人也没有意识到这本书有热卖的潜质，值得好好“包装”一下。当时的想法很简单，书能够出版，实现自己一辈子能出一本书的小小梦想，足矣。

好了，给段王爷的新书写序，一上来说了半天自己的书，自然是想心虚地解释一下，自己是过来人了，之前出过书，能写序。但为什么要抢着给别人的书写这个序呢？用“抢”这个字是想强调，我不认为现在的我跟五年前的我有多大区别，不认为我的序就能够对这本新书上市起到什么积极的作用。毕竟，我本人也只相信，一本新书受不受欢迎取决于书是否有料，是否真诚。

新书的稿子我看过，内容扎实有料，一定能够像当年的《就想开间小小咖啡馆》一样，对想开民宿、准备开民宿和已经开了民宿的朋友有诸多启发和帮助。预感到此书会帮助很多人，这算是一个很好的理由，但似乎依然不构成我抢着写这篇序的原因。算了，我还是老实交代吧，这本书是人家日积月累写成的，但最终成书出版，其实我是“始作俑者”。

故事的开始是这样的。三年前，我到杭州出差，顺便去参差咖啡梦想学校的一间学员店“别处咖啡”走访。抵达这间地处杭州青芝坞的学员店时，我才发现它位于“蓝莲花开”民宿的一楼公共区域。这不正是我在微博和课堂上非常推崇的复合经营吗？民宿里如果有一间专业的咖啡馆，则可以为住客和周边客群提供更好的服务，而咖啡馆要想找到一间价钱合理的店面，这在很多城市都不是易事。于是，民宿让出利用率不是很高的接待区域，以相对低的租金租给专业人士经营咖啡，各取所需，互利互惠，这真是非常好的结合。

品着学员做的咖啡，我真心替她感到高兴。正询问她如何找到这样明智的民宿主人时，我感觉到咖啡馆里不远处有一个人正微笑着注视我们。对，他就是这本书的作者段王爷，也是我们学员店的房东，他已经在咖啡馆里等候我多时了。畅谈之后才知道，原来“蓝莲花开”里有参差学员店不是巧合！当初段王爷在挑选可合作的咖啡馆时，是有明确目标的：参差咖啡梦想学校的学员。

原来，段王爷也是我的读者，甚至也是受了《就想开间小小咖啡馆》的鼓动，最后下定决心要换一种活法，放弃食之无味、弃之可惜的教师岗位，正式下海。一本书能够有如此力量！原谅我此刻又有些得意了。

不怎么喝咖啡的段王爷，没有选择去开咖啡馆，他全身心投入一直撩拨他多年的生活方式——开一家自己的小民宿，亲自打理，一年两百天住在自己的民宿里，把一部分时间交给陌生人。正所谓一旦做出决定，最困难的部分其实就已经过去，段王爷用五年的时间再一次证明了热爱即天赋。

第一家“蓝莲花开”在他的精心打理下，第一年竟然实现了入住率95%以上。之后五年，段王爷乘胜追击，不由自主地“复制”了“参差咖啡”从2007年到2012年的经历。我们在杭州相遇的时候，段王爷已经陆续在浙江省范围内开了七家小民宿，在“蓝莲花开”的大名之下给它们起了不一样的小名：依云、溪上、从前慢、等风来、一间房民宿等等。不出意料，接下来段王爷碰到了和我当初一模一样的情况。向他咨询和请教如何开一家小民宿的人络绎不绝，他们通过微信，通过微博，甚至从全国各地赶来杭州，直接住进“蓝莲花开”，希望当面取经。

因为段王爷有着和我极为相似的价值观和类似的人格特质，所以我们很快成了来往频繁的好友。每次来杭州出差我都会入住“蓝莲花开”，和段王爷闲聊扯淡。我一直认为，分享是对自己的积极乐观的肯定。这一点他很认同，对咨询者也是来者不拒，知无不言。既然如此，我建议他："为何不像我一样，把过去这么多年积累的经验结集成册，出一本书让更多人看到呢？""我也可以吗？"面对段王爷的疑惑，我胸有成竹地做起了思想工作。

首先，你段王爷自己不就是一个因为一本书改变生活轨迹的活生生的案例吗？另一个理由更为充分，那就是我最近四年来的讲课经历充分证明，这样授人以渔的事情，我不仅做得乐此不疲，还颇有成就感。至今我已面对过参差咖啡梦想学校1700多双认真听课的眼睛，我非常肯定：我们分享的经验和教训是很多人迫切需要的。无论是开一间咖啡馆，还是开一家小民宿，对一个新手来说，内心必然是忐忑不安的，他们不仅需要成功的故事，更需要前辈的经验分享，越细越好。我在上课的时候常常提醒学员们，可以随时打断我提出问题，但事实是，每次三四个小时讲下来，提问者寥寥无几。为什么？换位思考之后很好理解，因为绝大多数人根本不知道未来会出现什么问题，可能碰到什么状况。反过来，经营成功者不一定善于总结，以我的观察，大多数成功者只是因为思维方式、行为方式"暗合天理"，成了就成了，谈不上总结什么。即便能够总结也似乎没有十足的必要，更何况写成文字其实还是挺辛苦的。

事情有趣的地方就在这里了，我们这位段王爷刚好是教师出身，刚好也喜欢写点东西。于是，在我的鼓动之下，不紧不慢地，几年下来，他竟然积累了数万字，且很有分量。好了，事情的来龙去脉算是交代清楚了。给别人的序该怎么写，我是第一次，没有经验，但写到这儿，我的动机早已昭然若揭：如果你想开一家自己的小民宿，觉得远离喧嚣的城市去过自在的田园生活是不错的选择；抑或你已经开了，但在经营上遇到了瓶颈，希望寻求突破，进而锦上添花，那么段王爷和“蓝莲花开”的故事一定对你大有裨益，这一点我很肯定。好了，有请！

王森

2017 年 11 月

别处咖啡
Coffee | Brunch | Afternoon Tea
咖啡 | 早午餐 | 下午茶

Chapter 1

揣着情怀来开店

格子男和他的一间房民宿

前几年，我去了一趟朱家角古镇，不仅是去看看自己的小店，还为了去见一个认识很久却未曾谋面的同行——格子男。格子男是上海田子坊一间房民宿的小老板，我们通过网络相识，这次上海行，约好在思南路一家咖啡馆见面。我是特意去请教这位行业里潇洒自如的海归小伙是如何成功运作一间小到只有 30 多平方米的民宿的。

格子男是上海青浦人，大学毕业后，去了欧洲留学深造，哪知进的是所三流学校，那里的教育与生活统统没有激起他的半点兴趣，他索性骑车“环游世界”。从欧洲到泰国，最后在泰国清迈落脚，给同学的哥哥开的民宿打工。父母根本不知道他在哪里，一直以为他还在欧洲读书。

四年一晃而过，为了获得一张毕业证书，他只好通过身边的人脉关系，用钱买了一张看似光鲜的毕业证书，回国向父母交了差。格子男回到上海后，待了半年没有找到合适的工作。他自由随性的性格很难适应朝九晚五的规律生活，再说他那张毕业证几乎没有含金量，这些让格子男陷入了窘境。

通过长时间的自我剖析，以及对现实情况的深入了解，格子男打算开一家民宿。这也是他在国外唯一上过的实践课。从沙发客到青年旅社、从间隔年到 Airbnb(爱彼迎)，这些当下流行的旅行概念，最早都源自欧美。再想想自己在清迈民宿的工作经历，格子男坚定了自己的选择。

虽为 85 后，格子男却非常怀旧，钟情于老上海风貌，喜欢民国风。于是他疯狂寻找合适的老洋房，花了将近一个月时间，最终在田子坊思南路附近确定了一套只有 30 多平方米的房子。深深的弄堂里，随处可见的粗电线错落有致地分布着，像是五线谱。20 世纪 30 年代的建筑就这样巧妙地矗立在这些电线中。这里没有大都市的繁华与喧嚣，走在弄堂里，古色古香，仿若置身于几十年前的老上海。

从老洋房公寓的门进入，就可以看到格子男的一间房民宿。门脸儿虽小，但相对独立，不打扰邻居。一个城市，保留了一些老房子，就是保留了比文字记载更直观的历史。

这套房子有一阁、一厅、一厨、一卫，三十多平方米，实际使用面积相对宽敞。老洋房建筑，楼层比较高，阁楼空间感较好。一阁，其实就是 Loft* 风格。门一打开，就是客厅，客厅有小型的楼梯，阁楼上面是一张床。阁楼下面，是简单的厨房，进门的左边，是卫生间。房子经房东简易装修过，房租 6000 元 / 月，半年一付，押金 6000 元，合同可以签订五年，若五年后续租，房租递增。房东有交代：房子可以装饰，可以翻新，但不能动房间格局。

至此，格子男便开始了他的一间房民宿梦想。

房子租期只有五年，不能投入太大，经过预算，他准备投入 5 万 ~ 6 万元装修房间。

格子男买来乳胶漆，自己把墙体粉刷了一遍，挂上几幅画；把阁楼卧室的床垫换新，还买了三套高品质棉织床品；更换了一个新马桶；增加了一台洗衣机；在餐桌上放了一块玻璃；摆放一些在田子坊和网上淘的小物件；给房子换上了密码锁。经过简单改造，房子即刻变得敞亮、清爽，小巧而又精致，品质感十足。当然，这样一装扮，5 万元预算也基本花光了。

---

* Loft，一种高大而开敞的上下双层复式结构。——编者注

格子男的一间房民宿成本单：

(1) 整修翻新费用 5 万元。

(2) 房租 3.6 万元。

(3) 押金 6000 元。

合计：9.2 万元。

虽然是简单装修，但在布置房间方面，格子男花了很多心思。他说，民宿应该让顾客感觉如同住在自己喜欢的朋友家里，让每一位幸运的旅人，在房间的每一个角落都感受到主人的热情与用心。此外，他把住宿价格定为 890 元 / 晚。“从消费心理与行为分析，如果房价上了 800 元，那么客人对 810 元和 890 元的接受度是一样的。而定为 890 元，利润会更高一些。”他这样解释道。

由于格子男悉心打理，还会与房客分享很多自己的故事，口碑越来越好，生意也一直不错。全年平均入住率在 80% 左右，也即一年 365 天，有 292 天入住。除去 10% 的互联网佣金，一年的总收入约为 23 万元。房租 7.2 万元，运营成本大概是 2 万元。运营成本主要包括每一个房间的电费、水费，以及购买一次性生活用品的费用。由于没有请人，事必躬亲，几乎没有人工费用。一年下来，盈利大概是13万元。这样的收入，还算不错。这种民宿，大概也只适合年轻的初创业者，辛苦但有所收获。

不过，格子男似乎很享受当前的这种开民宿的状态，我们坐在咖啡馆里侃侃而谈，这位阳光潇洒的年轻人也毫无保留地向我分享了他在清迈帮忙做民宿的难忘经历，并给出了很多在清迈做民宿的中肯建议，主要有六个注意事项：

（1）租一整栋房子。清迈的房子大多带院子，因为地处热带，院子里有一些热带植物，非常漂亮。在泰国，闲置的别墅比较多，大多是外国人买的度假屋。房主不在的时候，无人打理卫生。很多别墅的主人愿意出租给民宿经营者，代为看管，也省了维护费用。别墅里的设施较为完善，游泳池一般都是完好的，这方面可以省一大笔钱。在清迈，没有游泳池，就显得没有地方特色。

（2）办理工作签证。在清迈租一栋房子不难，比较难的是，能否持有工作签证。要想长期在那边工作，工作签证是一个硬性要求。

（3）政府规定51%的股份必须由当地人持有。在泰国开民宿，中国人去投资，最多只能占49%的股份。有一种讨巧的方法就是，找到中国在清迈的代理公司，由代理公司来解决泰国本地人占 51% 股份的问题。

（4）提前核算成本。租一栋别墅，住房面积在 250 平方米左右的，可以做成 5 ~ 6 个房间。不过，别墅的公共区域比较大，客厅、院子、游泳池等，加起来估计就有 300 多平方米。一栋别墅的年租金约 4 万元。

开店前，你需要聘用至少四名当地员工，除去给他们发放工资，还需缴纳保险，这也是泰国政府规定的。清迈员工每人每个月工资大概 15000 泰铢，保险费用 1000 泰铢。如此，每个泰国员工每月的基本雇用费是 16000 泰铢，折合人民币 3000 多元。四个泰国员工的基本费用约为 1.2 万元。

一般而言，外国人在泰国经商，每人每月收入至少为 30000 泰铢，根据这个收入，缴纳 7% 的个人所得税。此外，还需缴纳营业税，但这一点，可以通过当地财务人员来处理。聘用兼职会计，每个月需要支付约 3000 泰铢。

（5）做中国人的生意。中国人在泰国开民宿，大多是做中国人的生意。住宿一晚的房价为 600 ~ 800 元，当地人不太可能会来消费。为了体验地道的食宿环境，外国人一般不会选择中国人开的店。大部分中国人则喜欢出国遇到“自己人”，因为亲切且让人有安全感。有一些游客消费能力强，旅游时买的东西多了，也能给“中间人”带来一定的收入。我有一位同学，毕业后去了日本做导游，经过近十年的努力，在日本有了房子（他在北海道的乡村买了一块地，造了一栋房子，花费约为500万元），娶了日本妻子。去年他极力邀请我去，还包来回机票与食宿。我假装客气，推辞一番后，就去了日本。在聚会中，他喝着清酒告诉我，他能在日本生根发芽，要感谢中国人的消费能力，国人买日本商品堪称疯狂。在泰国也是同样的道理。

（6）雇用中国学生。如果你在泰国开了民宿，需要中国帮手，最便捷的办法就是去找培训班的中国学生。这些学生懂泰语，又有空闲时间，做兼职既能增加他们的收入，又能丰富生活，可谓互惠互利。

咖啡馆外面的阳光，透过玻璃照在格子男的脸上，我仿佛看到了生活五彩斑斓的颜色，鲜活有趣。我能感受到格子男对开民宿的享受，他与入住的旅客有很多互动。从学生到企业家，从自由旅行者到商务客人，来自五湖四海的陌生人皆因喜欢民宿而相遇。

我的一间房民宿

1758 书吧躲在青芝坞最隐僻的地方，要穿过好几个七拐八弯的小巷，才能找到它。书吧主人名叫大地，是一个户外运动爱好者，常带一些朋友出去徒步。书吧早上开门营业后，任何人都可以坐下来，喝一杯茶，茶费随意。你若来了，开水自己烧，茶自己泡，来去自如。

有一次，书吧组织去爬灵隐寺边上的北高峰，在那次活动中，我认识了曾就职于阿里巴巴的 A-Ken。

A-Ken 的爷爷当年在杭州斗富二桥一带，颇有声望，家道殷实，但由于历史原因，只留下一栋老宅子。老宅子被分割成几小套，分给 A-Ken 的叔父们，他继承父亲的房子，也有一小套，就在斗富二桥的小河边。因为宅子太古旧了，有安全隐患，政府按原形状、原面积、原风貌免费翻修。A-Ken 微信跟我说，他叔叔要出租一套。想起上海田子坊格子男的描述，以及自己对一间房民宿的向往，我欣然租下了河边的这套房子。

这座翻修过的古宅有四十多平方米，大约五米高，斜顶的最高处达到六米。经过与设计师的讨论，我把房子分成两层，做成了两个小套，倒也不显得局促。一楼是客厅和敞开式厨房，还有一个卫生间和淋浴房。二楼开了两个窗户，从外面看起来遐迩一体。躺在二楼靠窗的床上，可以透过窗户看到河中的游船，而雨天更是别有意境。

一间房民宿的装修施工，找专业的大牌装修公司不太划算，找路边闲散的装修工人又不放心，这个时候，能找到专门装修民宿的施工队，是最好的。房子租下后不久，经朋友介绍，我就找到合适的施工队开始施工了。

正是惊蛰时分，春雨伴着隆隆的雷声，畅快淋漓地滴落在城市的大街小巷，唤醒了这座休眠了一整个冬天的城。运河里的船，本来主要服务于城里人上下班，现在载的游客也多了起来。政府在河对面修建了一间干净明亮的公厕，把河里的淤泥也清理了一次。清理后，河水清澈见底，恍如山里汩汩流过的清泉，叮咚作响。

斗富二桥的小巷深处有很多故事。我的一间房民宿的隔壁阿婆，十年里天天叠着千纸鹤，成串地挂在长长的巷子里，祝福着所有的陌生人，给这个城市添了很多温度。

我的一间房民宿已基本硬装完毕。在靠近河边的小客厅里，我计划安装一个开放式厨房平台，可能是设计时没有交代清楚，结果没有装水池和水龙头。我这个民宿的特色主要体现在有厨房，可以自己做饭，给住客回家的感觉。所以，又额外花了钱，请工人从外面接一根水管进来，在操作台上挖一个口子，装上洗菜洗碗的水池。

在我看来，硬装如织，软装如梭，两者缺一不可。硬件装修快结束时，软装就得花心思了。一张桌子，一把椅子，一只碗，一双筷子，一盏灯具，一个挂件……都需要精挑细选。这个时候，可以充分利用社交平台——微信朋友圈或微博，寻找这个城市里是否刚好有可以分享的人。

软装在即，我在朋友圈发布内容如下：万能的朋友圈啊，我在装修一套日式的小房间，如果你刚好有类似多出来的物品：床、椅子、凳子、电视、小挂件、茶具……是否可以让我收留。

如此，我幸运地得到以下物品，基本是免费的。

洗衣机：网友“花部落”送的。她说，家里刚好买了一台洗衣机，尺寸没量好，买的太大了，需要重新买一台。正愁没地方放，刚好做个顺水人情。

电视机：一个朋友刚好遇到拆迁，把电视机以每台350元的价格当旧货出售。才用了一年多的创维电视，在网上的价格是 1500 元左右。我去拿的时候，朋友请我吃了一顿中饭，还没收我的钱。我无法表达谢意，只能欣喜感叹："如果你想做一件美好的事，全世界的人都会帮你！"

两张席梦思床垫：我发朋友圈后不久，一位在莫干山开民宿的朋友就直接给我打电话，叫我赶紧去拿。我叫了一辆小货车，赶到那儿。朋友说，之前多搭了一个木屋，由于违章，被政府拆了，买来的床垫就多出来了。其他小东西能放在仓库里以后用，但床垫太大了，无处搁置，刚好可以送给我。从莫干山的筏头乡到杭州我的一间房民宿，运费花了 600 元。两张好的席梦思床垫，在大卖场至少也要 6000 元。我只花了 600 元运费，就得到了。他还顺便送了几个全新的小吊灯给我，我再一次在心里感恩："感谢上帝眷顾！"

当然，要获得这些免费的物品需要小确幸。既然这个世界上存在小确幸，那为什么不试试呢？

全部装修完毕后，我请家政人员做了一次卫生。两套房子总面积大约 80 平方米，全部卫生包含擦玻璃，共计 300 元。（这个开支不要省，因为专业的人做卫生比较彻底，特别是刚装修好的房子，要营造窗明几净的感觉，非专业人员是做不到的。）

当初租房子的时候是一个大套，现在把它隔成两间，也算两个房间了。像这样的民宿，一般都是使用家用热水器。它最大的缺点是，容量不够大，到了冬天，两个人或三个人洗澡就比较棘手。现代人早已不把洗澡当成洗尘去垢那么简单，而是一种舒缓身心、驱疲解乏的享受了。

这样想来，我就用了家用的空气能热水箱。30 升容量，持续自动烧水，热水无限量供应。虽然增加了成本，但这个支出是值得的。民宿是一种特殊的客户体验型产品，在舒适度上，一定要尽量周到完美；在高科技时代，家用电器也要尽可能有一些超前性，这样才会让顾客有新潮又舒服的体验。

枫林晚
书店
蒋介石传

Tips　轻奢装修的省钱小秘密

装修成本有很多讲究，如果机缘凑巧，能省掉很大一笔费用。

装修时要多向身边的朋友打听，或多在社交平台发布信息，看看有没有多出来的相关产品。

装修一栋房子的民宿，有十几间房，或者更多房间的，有时候不会计算得那么精确，总是因各种原因，多出来一些房间用品。运气好的话，我们能够从中“捡漏”。做乡村精品民宿的人，可能有空房子储存多余物品。而城市民宿，寸土寸金的地方是没有空间堆放多出来的物品的，所以老板们宁可将闲置物品送人。

我的两只马桶和两个台盆是科勒的，是朋友装修民宿时多出来的。马桶的盖子丢了，其他都是好的。我给朋友送了一条中华烟当回馈。科勒的马桶和台盆在大卖场大概是 1200 元一个。两个台盆、两只马桶共省了近 4000 元。现在有很多民宿，装修得比五星级酒店还有档次。莫干山上一家民宿用的洁具品牌都是汉斯格雅，品质非常高。

为了让民宿有个性，很多东西都是在网上挑，比如灯具，如果研究得不是非常精确，有的尺寸或样式买回来不能用，又不能退，刚好你需要的信息被对方知道了，或者送，或者以“钱随便给”的价格卖给你，你便能捡来好的宝贝。

我的第一家小民宿

2013 年春天，我来到杭州西子湖畔的青芝坞。

青芝坞是杭州一个城中村，主干道两边，弯曲的小路延伸到小村庄里各家各户门口。各个小巷清幽质朴，稍微热闹一些的地方是各种小吃店。小巷里零星散落着几个青年旅馆，老板们年纪虽不大，脸上却写满了故事。

三转四弯，到了青芝坞的临山区域。一大片茶叶地让人眼前一亮，村民们将它打理得井然有序。阡陌纵横间，小路蜿蜒入山，每一处景致都令人心旷神怡。青芝坞边上就是浙江大学围墙，围墙上布满学生们文艺气息十足的涂鸦。

这里，出则西湖一角，入则安静田园，名校步行即至。我特别喜欢的一段路是通向西湖的那条竹林小道。从青芝坞出发，过玉古路，便是西湖景区的一大片竹林。一条小溪穿林而过，如果夏天在这里散步，你会觉得神清气爽。小溪边有一片稀疏有度的松树林，林中小径，蜿蜒静谧，除了冬天，其他季节总有人在这里拍婚纱照，平添许多浪漫。

走到“青芝坞慢生活管委会”后，从边上的小巷进入，步行约两分钟，就到了我准备要租的房子处。房子刚建好，只待内部装修。这个时候，是最佳合作期，房东省了装修费，我省却了拆除已有装修的人工费，双方都划算。

房子建筑面积约为 80 多平方米，有两层半，顶上半层可以做成房间。第三层的墙体高约 2 米，尖顶高 2.5 米。一楼有一个小院子，正面对着植物园，满目青翠，舒适宜人。试探房租时，房东说 25 万元一年，一年一付，押金 5 万元。当时我对房租没有什么概念，但隐约觉得这个租金不离谱。在青芝坞一带，就算不做生意，一个房间的租金也要 1500 元 / 月。这一整栋房子，算上地下室的 5 个房间，一共算下来有 20 个房间。于是没有讨价还价，我爽快地答应了房东的要价，当即签订了我的第一份民宿合同。

一栋农民房，三层（严格来说是两层半），面积约 240 平方米，可以做 14 个客人房间，地下室还有 5 间房，有一个小客厅，以及一个小院子。房租25万元一年，押金5万元。租赁期为15年，每三年递增5%，房租一年一付。

站在这栋租来的房子面前，我既兴奋又忐忑，一时之间，竟陷入漫长的迷惘。关于房子的装修，我不得不承认，这确实是一件棘手的事情。

我曾经住过沱江边的客栈。小小的四合院，用本地的老石板和磨盘铺设成弧形小径，青青的嫩芽小草在小径石缝间零星点缀，颇有日式庭院风格。坐在院子里喝茶、晒太阳、发呆，惬意无比。然而古朴幽静的房间里，用老木板铺设的床，翻身时咯吱咯吱的声音，总让我情不自禁地想起《聊斋》里的妖狐鬼怪，不寒而栗。半夜醒来，再也无法入眠，只得把房间的灯都打开，阅读一本书来分散注意力。

我设想着把青芝坞的这栋房子做成日式风格。然而，租来的这栋房子，房间格局偏小，效果出不来。再者，青芝坞的消费群体主要为年轻人，不像四眼井、满觉陇一带，可以把房子装修得高大上，适合高消费群体，房价也可以定得高。

还记得去平遥时，睡在一个炕上，晚上特别暖和。在杭州也做一个带炕的民宿，这可行吗？在青芝坞这个小清新的地方，把沉重厚黑的老木板拿来装修沉甸严肃的民宿，这合适吗？在没有明确装修风格前，我只能零碎地搜寻着脑海中的记忆。

2012 年去牛头山，偶然看到网上对当地一家美好的乡村民宿的介绍，羡慕得心痒痒。于是，欣然预订了房间。那个时候，能在深山里开一家精致的民宿，应该算得上思想超前。到 2014 年，精品乡村民宿才兴起，之前根本无人问津。

那天雷雨交加，天黑时到了这家民宿。民宿的房间不是在一栋楼里，而是由相对集中却各自独立的民房改造而成。估计当天没什么人入住，除了路灯开着，其他地方均寂静黑暗得像是在外太空。我害怕这样的鸦雀无声，它让人心里发紧。进入房间后，我迅速打开房间内所有的灯，用热水冲了冲脚，便蒙头躺在床上，再也无心细细洗一个舒服的热水澡或者放松地喝一杯热茶。

我坐在北山路西湖边的长椅上，望着茫茫西湖水，回忆着各个地方的特色民宿。

牛头山的民宿，应景于田园风光，外围都是泥巴墙，这个肯定不适合青芝坞。另外，在房间边上的客厅里，摆一个八仙桌，放几个条凳，中堂上的“天地国亲师”和桌上的摆设，既保留了传统，也体现了中国味道，而且非常有当地特色。但是，总觉得有点压抑。

我在台湾住的那家民宿，是房子的主人自主经营的。他把房子的历史拍成了一部20分钟左右的电影，每天晚上循环播放，向住店的客人讲述这栋房子的故事。由于台湾海域大，所以很多房子面朝大海，装修风格偏欧式，以地中海风格为基调。

难道，我也需要一所房子，面朝大海？我如醍醐灌顶，终于意识到，地中海风格适合青芝坞。

设计师是一定要找的。我有个朋友开民宿，尽管他自己是设计师，还是请了专业设计师，原因是身在其中时，会太过现实而忘记了美好，就如“不识庐山真面目，只缘身在此山中”。我们对一栋房子或一个院落的美感，很多时候，局限于一个摆件，或者某个局部。要想把所有区域融会贯通起来，形成一个整体，那么设计师不可或缺。通过装修队的刘老板，我认识了设计师丁子。丁子是千岛湖人，为人谦和，有着很丰富的设计经验，是位很有自己想法的青年设计师。我们坐在院子里，针对这栋房子的装修畅所欲言。

装修没有什么预算，因为不知道究竟能出来怎样的效果，想象中的作品究竟会花多少钱、效果会怎样……所有的一切都是未知。设计师的设计费是100元/平方米，240平方米加一个小院子，设计费总共是3万元，凭着直觉，我断定这个价格合理。我想，大概创业者在创业初期都是迷茫的吧，他们心中装着诗和远方，更装着忐忑和不安。我有一个同学毕业后去上海闯荡，做家教连锁，十年打拼，赚得盆满钵满。有一次，参加他的分享会。他在台上豪言壮语，诉说着当年到上海一下火车站就已经立下的志向——一定要在上海这个“商业帝国”，如许文强一样，有自己一片天地。演讲结束后，酒过三巡，我问他当年是不是真的在上海火车站就立下了誓言。他狂笑说：“你真信啊？当时下火车，整个人都蒙了，连东南西北都找不着。找人问路，却被指了相反的方向，结果坐在马路边过了一夜。”所以，成功者的言论很多时候只是一种鼓励，其实他们当初只是跟着感觉走。

经过设计与布置，总共有14个房间，一个过道一样的小客厅算是休息处。标准的地中海风格，蓝色基调，配以白墙和一些大海里的仿造物品。装修花了三个半月的时间，这在多雨的江南已算非常顺利。

BROADWAY

民宿要个性，这样买软装

千万不要把民宿简单理解为客人只是在这儿住一晚。对客人无微不至的关怀，从现实层面讲是服务让客人满意后，获得口碑和回头客；从精神层面讲，是善意的人文关怀，真心关注客人在我的店里是否睡得好，这种有温度的经营是民宿区别于其他形式的旅店的根本。

民宿可以说是人们理想居住空间的范本，是可以实地体验的心仪样板间。因此，硬装之外的软装才是体现民宿主人心思与当地文化的重中之重。软装的个性化也显得尤为重要。我通常有以下几种方式选购我的软装物料。

网购

推荐大家去天猫网购家具，那里的东西品质相对不错。最好是，你所浏览的网上店铺在你所在的城市有实体体验店，这样可以现场考察实物。软装的时候，我找到一家家具厂，因担心床的质量问题，决定亲自到杭州展示区试看。我和设计师一起在展示区现场，针对每一样家具向厂家的工作人员进行了咨询。

咨询内容包含：床的颜色、床的材质、样品与实物是否一样、优惠政策、是否有赠品、送货方式、安装服务、出货时间、售后服务时间，以及售后服务内容（比如：有没有受损打折的家具，受损在什么部位，如果不影响美观，可以给多少折扣买下）。

淘二手旧货

民宿与餐厅、咖啡馆不一样的地方是，住宿更讲究干净、卫生、精致，决不能用旧货市场的东西。不过，民宿也有很多公共区域，接待处、楼道转角处需要用到的桌子、椅子、摆件，甚至房间的挂画，都可以到旧货市场去淘。

淘旧货的时候，就不要过于追求完美了，只要有特色，是自己喜欢的，有点瑕疵也没有关系。当你看到一张桌子大小合适，价格合理，但表面有损毁，稍微影响美观，可以考虑用一些图案适宜的布品来修饰。一张好看的桌布，可以盖饰缺陷，体现个性。

最大化利用自己旅行时带回来的小物品

无论你是间隔年，还是日常外出，在我们的生活里，旅行已不可或缺。外出旅行时，记得带一些自己喜欢的小物件回来。假如你要开一家小店，也可以考虑把这些小物件的摆放设计进去。最容易携带的是纸质艺术画。买画的时候，如果不是为了收藏，只是爱好，可以多买一些街头艺术家的作品。街头的艺术品会有很多有趣的故事。

有一次去清迈，我看到一位大伯，胸前挂了一块牌子，上面写着：Free hugs（免费拥抱）。他在一个有很多鸽子的广场上站着，不时有一些欧美国家的游客与其拥抱并开心地交流。我当时受那种氛围感染，心血来潮，找来一张纸，请他帮忙写上“Free hugs”，并与他合影。回来后，我将写有“Free hugs”的纸张装裱好，作为纪念，挂在自己的小店里。

关于小店的装修，建议不要为了装饰而装饰。每一个物品的摆放，每一张画或每一处装饰，最好能有它们的故事。这样，小店就不会显得内容空洞，乏善可陈。

就地取材——不要钱的艺术品

如今，很多乡村民宿流行用铁锈漆板做成门牌，创意不错。但是，一样东西，只要遇上“流行”二字，就会带来审美疲劳。在软装方面，很多时候，就地取材，稍作修饰，会给居所带来意想不到的效果。如果你做的是乡村民宿，那就更加方便了。大自然是一个巨大的宝藏，只要你细心去发现，一定会找到无穷无尽、意趣盎然的软装饰物。

譬如，去山里，找来一截老木桩或老树根，让木工师傅竖着锯开，用防腐漆刷过后，在太阳底下晒干。然后到文印社里用不干胶刻店名，再用喷字漆，把不干胶固定在树桩表面。最后用自喷漆一喷，一个非常好的门店招牌就做好了。不计老树桩成本，约100元就可以完成。

另外，找一些有凹槽的小石头，在凹槽里种上一株小小的灌木，再放些青苔，一盆看上去浑然天成的盆栽就做好了。还可以找来一个大番薯，把它放在玻璃瓶里，番薯很快就会发芽。这样的微景观，远比花卉市场买来的盆栽有趣。

邻居也可以是一座“宝藏库”

我在小和山有一处五间房的民宿，叫“有做”。装修好后，需要很多的装饰品。平时，我喜欢到有意思的邻居家做客。（这里的邻居的概念是大家都在这里租房子，做些生意或创作上的事。）有一位邻居租了一栋三层楼的房子，房子里收集了他这一辈子爱好的东西。有欧美的家具，各国的民间艺术品，油画，外国图书，雕塑，工艺品……与他闲谈时，我提到是否可以把他的收藏品放在我的民宿里，一方面可以标价出售，另一方面我可以用来装饰空间，各有所得。由于大家相互信任，这事就达成了协议。邻居家的收藏都是独一无二的珍品，来店入住的客人看到这些别致的物件都眼睛放光，因新奇而兴奋。一家小店的软装，是非常大的一笔开支。我的这家小店，因为这个邻居而省掉了一大笔钱，真是皆大欢喜。

不该省的钱不要省

关于席梦思床垫，建议找做酒店的朋友咨询，到专门给星级酒店做床垫的公司定制。好处是质量有保证且价格实惠。质量达到五星级酒店标准的床垫，约 1000 ~ 1500 元一张。如果你到市场上买大品牌床垫，估计要 5000 元左右。一般经济型酒店找专业做床垫的公司做，价格在700元左右。做民宿，所有物品的档次都需要全线上升，这方面不要省钱。我个人觉得“物美价廉”是一个悖论。一件商品，如果花心思去打磨，用好的原材料，借以适宜的时间去沉淀，一定是价格偏贵的。否则，就没有“匠心”这个概念了。好的东西，一定是贵的。反过来，廉价的商品也许只能满足生活必需，而不能提高到审美高度。

棉织品的配备，应该每床配三套，即1：3的比例（如果是乡村民宿，应该按照1：4配备）。1：3的意思是一张床，要有四个枕芯，十二只枕套，三条被套，一条棉被，三条床单。被子需要多准备几床，因为有时候客人需要加一床被子，还有就是可以常常把被子换出来晒晒太阳。在乡村，洗涤公司有时候会隔一天来一次，因此，乡村民宿需要多备一些棉织品。现代人大多颈椎不好，对于枕头高高低低的需求各不一样，建议每张床上准备四只枕头，两只鸭绒或鹅绒的，两只荞麦的。不要担心这些费用，也不要质疑有没有必要做这种看似多余的配置。这样做，以后在日常经营中，你会收获意想不到的好评。

另外，不建议精品民宿的床上用品、卫生间的棉织品自己洗涤。自己洗也能洗干净，但蓬松度不够，客人用起来，少了棉织品的舒适感。如果自己洗，还要多请一个阿姨，一个阿姨的工资大概是 3000 元 / 月，包含吃住及其他福利，估计一年要多支出 6 万元，实在不划算。当然，你开的民宿若只有两三个房间，也可以考虑自己买设备回来洗。一台洗衣机，必须要配一台进口的烘干机，费用加起来大约 9000 元。自己洗的好处是：所有棉织品有太阳的味道。洗涤公司洗的布草*是从来不晒太阳的，直接用大型烘干机操作。自己洗，烘干后，再放在太阳下晾一个下午，如此，棉织品会让人备感舒服。

最后，开业前的第一遍卫生一定要请家政公司来做，以一栋 200 多平方米的房子为例，10 个房间，清洁费用大约是 3000 元（以杭州的家政费用行情为参考），三个人，两天可以做完。家政公司的专业人员一般比较靠谱，他们非常注意每个部位的涂料和落在家具或其他木制品上的油漆，难以清理的地方通通都能一次性清理干净，就连玻璃也擦拭得非常干净，整个屋子窗明几净，焕然一新。

我在青芝坞的第一家店，由于没有经验，无法把所有的事情一次性考虑到位，开业之前做了无数遍卫生。比如卫生间做干净了，镜子忘记装了。等镜子安装好了，卫生间里的沐浴露

---

* 布草，酒店专业用语，是毛巾、台布、床单和枕套等的通称。——编者注

摆放架到货了，又需要安装，这些后补充的东西，都会造成再次脏乱，又需再做一次卫生。

幸有招募一些义工。广东海洋大学的花花是民宿的第一个义工。花花是一个很好的“沙发客”，人也聪明能干，作为一个 95 后的学生，一个人在前期陪着工人一起，把粗卫生一遍一遍做出来，甚是难得。

开业后不久，花花准备回学校了，临走前，留下一个小铃铛挂在店门口。她说，风吹铃铛响的时候，就是她在向我们问好。

Tips 除异味小妙招

对于清除装修异味，我有一个小窍门。买来醋和柠檬，将柠檬切片放在醋里，用小碟装好，放在每个房间的四个角落，异味很快就能驱散。另外，把柠檬切片放在新买来的热水壶里，把水烧开，倒了，再放凉水烧开，如此重复至少三次，热水壶里难闻的味道就能基本消除。

WELCOME

蓝莲花开正好

一家好店，需要一个好的名字。这个名字既要符合小店的装修风格，又要体现主人的心思，还要好记，朗朗上口。柏拉图有言，良好的开端是成功的一半。名字是一家小店给人最初的印象，店名起好了，在互联网上容易传播，也能很快被人们记住。

一位朋友非常喜欢收集香烟壳（从他爷爷开始，他家收集香烟壳已有三代）。我建议他把香烟包装外壳作为装饰民宿手法之一，用一个空间，做一个香烟壳博物馆，作为自己民宿独一无二的特色。小店名字叫“烟波未了”。很多人喜欢这个名字，这个名字如喝一杯埃塞俄比亚咖啡，有很多层次感。第一层意思，这家民宿开在山里，山野空气好，常有烟雾缭绕。第二层，民宿主人一家三代收藏香烟壳未了，一直延续。第三层，在这里可以发生很多故事，可谓一波未平，一波又起。

浙江缙云有一家小民宿，真正有“白云生处有人家”之意境，主人称之为“过云山居”。生意好到半年内订不到房间，传说中的“一房难求”。

去武汉出差时，我喜欢抽些空余时间，在街头小巷漫无目的地行走。霓虹灯下，一排温暖的门头字映入眼帘：路上捡到一只猫。无须猜测便知是一家咖啡馆，我兴致勃勃地走了进去，喝一杯茶或咖啡。其实喝什么无所谓，反正就是莫名地喜欢。以后，每次去武汉，我一定会给自己留一个晚上，泡在这家小咖啡馆里。其实，对它的留恋仅仅是因为它的名字。

音乐人李宗盛也开了一家咖啡馆，名叫“有练”。李宗盛一直钟情于吉他，练习吉他和教授他人学习吉他一直是这位音乐人坚持在做的事。这个名字简单特别，又有着特殊意义，表达着李宗盛对吉他的无限热爱与希冀。

这样想来，给自己的小店起一个名字，真的是一件有趣又无比重要的事。Sail是浙江大学玉泉校区毕业的学生，常混进青芝坞来吃一碗浙大妹子面馆里的面，颇有情怀。在认识我后，一直想入股本小店，但我总是担心合伙会让原本纯粹的友谊变质。常言道，如果你想失去一个朋友，请与他（她）合伙开小店；如果你想与爱人分手，请与他（她）合伙开小店。然而，经不住他的软磨硬泡与满腔热情，最后本着多一个人也许更好玩的心态，就起草了一份“霸王条款”，双方签字，从此小店有两个主人。

Sail 偏理，我偏文，这样也算一种短板互补。他偶尔因某些他熟知而我不认识的生僻汉字而得意扬扬，我也常嘲笑他“土木工程专业的人很土”。波波是湖北人，我一个很好的朋友。他心思细腻，性格直爽，与人为善，做事简单直接，颇有魄力。

我们三个人经常在一起讨论小店的名字，由于年龄的关系，我们喜欢的很多歌曲和明星都差不多，而其中最喜欢的就是歌手许巍的《蓝莲花》。

当你低头的瞬间，
才发觉脚下的路。
心中那自由的世界，
如此的清澈高远。
盛开着永不凋零，
蓝莲花……

这是许巍为唐朝僧人玄奘法师而作的一首歌，表达了对玄奘法师的敬意。歌唱的是一种坚定不移追求梦想的宝贵精神。整首歌以一种平静祥和的口吻唱出来，却震撼了无数人的心灵。

就在三个人听着这首歌，天南地北地神侃时，我提议在蓝莲花后面加一个“开”字，作为民宿的名字。出人意料的是，后来很多客人都喜欢“蓝莲花开”这个名字。它表达了我对自由的向往，也有一种小清新的感觉。

“蓝莲花开”第一家店在 2013 年 8 月开业，没有任何仪式，只是叫了三两个朋友坐在院子里喝茶。我凭着感觉，把房价定在 399 ~ 499 元，因为正是旅游旺季，开业的时候，出人意料地满房了。其实在装修还没有完工的时候，就有客人慕名住进来了，这让我对自己的产品有了十足的信心。有人喜欢，总是一件愉快的事。第一家店开业后的一年半里，也就是大概到 2015 年春天的时候，基本全是满房，店里的住宿率全年达到了百分之百。在后面的一个章节里，我会专门提到自己在开民宿时的推广方法。

Tips　开业小贴士

开一家小店，不是为了荣华富贵，不是为了升官发财，而是我们打心底里想拥有一家小店，有自己理想的生活方式。我们不需要一大帮朋友或友情赞助人在开业的时候一哄而上，进行一场热闹纷繁的开业仪式，继而又一哄而散。我们只需尝试迎接第一位客人，用最好的心情、最好的态度、最多的心思，把我们的客人一个一个转换成回头客。这才是开业最重要的事。

我在溪上等你来

2014年冬天，我接到电话，说青芝坞的尽头，植物园的后门边上，有一栋房子要出租。我与Sail直接开车到了青芝坞的店里，简单了解情况后，就找到了那家要出租的房子。

房子门口有一条小溪流，活泼灵动。门边有高高的芭蕉树，虽然冬天枯了叶子，但可以想象夏天雨打芭蕉的诗意。门前有一个不太大的院子，因为它的存在，大门与村道之间，形成缓冲，空间变得柔和了。听到门铃后，房东从二楼下来，热情地接待了我们。

这是一栋二层半的房子，半层是阁楼，但顶还算高，基本不影响行走。其实从设计的角度来说，外观上高低错落，反而更让人有感觉。房东早在十年前，用这个房子开过青旅，来住的大部分是浙江大学的学生。她曾遇到一个家境贫寒的学子，三年没收他房租，后来那个学生毕业，当了政府官员，在房东后来不景气的经营中，给予了她很多帮助，犹如乌鸦反哺。她说，其实做生意不容易，她开青旅没赚到多少钱，提醒我们要慎重考虑。

在与房东两个多小时的交流中，我们已经基本把租赁的事谈妥了。我们很仔细地看了她的户口本、身份证，以及有几名家庭成员。其他就是谈价格与租期了。

我们预估这栋房子能做九个房间，初步达成的共识是这样：

(1) 房租 22 万元一年。

(2) 每三年递增 1 万元。

(3) 房租一年一付。

(4) 租期为 20 年。

根据青芝坞第一家店的运营情况，我们对这栋房子很有把握，而且能签 20 年的期限，已经是一种优势。我到青芝坞蓝莲花开主题客栈前台，打印好合同，一式两份，立刻就与房东签约了。

由于第一家店的设计感很好，经营也不错，我得出一个可能不太理性的结论：只要是美的东西，它的一切都是对的。

与丁子沟通几次后，我们把装修基调定为美式乡村风格。如果说第一家店的地中海风格是轻松愉悦，那么美式乡村风格，应该就是沉着稳重。

工人们为了这家店的装修，正月初八就从家里来到青芝坞。先到的是一些小工，把墙体拆了，进行房间格局的调整。然后泥工开始砌墙，水电工对线路进行布局。这些工人大多来自徽州黄山一带，做事踏实，人也实在。到目前为止，隐形的基础工程基本没有出现过问题。水、电和防水设施都很有保障。此番用心装修后，新店 5 月 1 日就开业了。

装修一家像这样不超过 15 个房间的小民宿，常规来说，装修期不会超过四个月。如果遇到江南多雨，不好施工，工期可能会多半个月或一个月。装修基本没有超出预算，平均每个房间约 10 万，共花了 103 万，不包含租金 22 万。

这次起店名没有太多的考量，有了第一家店的名字做前缀，再加上新店边上就是一条小溪，常年流淌，遂取名“蓝莲花开·溪上”。

新店的整体感觉非常接近预期，丁子对房屋的空间排列和整体的色彩把控也很到位。唯一被我干预的是门口外墙的文化砖，它被换成了我想要的样子。在装修期间，我去了一趟鼓浪屿，看到一家民宿的外墙，非常美式，就借鉴了一下。庆幸的是，丁子说替换的文化砖与整体风格比较搭，也同意了我的干预方案。而这次成功的设计，最终也得到了朋友和客人们的认可。

我的做事原则是初期与设计师把整体风格确定下来后，便不再干预设计师的作品。这是对设计师的尊重，对专业人士的信任。当我们认为一家小店是自己的灵魂的时候，设计师的作品也是其灵魂，灵魂是需要相互尊重的，一味占有和篡改，会伤害两个人。

基于第一家店的经验，“溪上”一楼的客厅保留了两个休息区，这样可以与客人有更多的互动空间。接待的地方，变成了一个小小的书吧，书架上的书，是我精心挑选过的。挑书与做事一样，只要你认真了，别人就能感觉得到。这些书的内涵与质量，在朋友圈常受称赞。

休息区旁的一个房间做成了画廊，免费腾给了一个爱画、善画、经营画的朋友，希望这个画廊能给“溪上”增加一些文化底蕴，也给客人一个文化浸润的空间。没有收房租的另一个原因是出于对朋友爱好的支持。

这时候，我已开始意识到，一家小小的民宿，需要一个与其气质相匹配的“伙伴”一路同行，如此才会更有意思。也许有些人追求的是一个人的无忧无虑，不被打扰，而我认为，与更多有意思的人在一起才好玩。能与民宿小店同行的是什么呢？小小咖啡馆？画廊？书店？原创手工艺品店？虽然这些想法没有具体成形，但已有萌动。

趙鵬
再低音一次

陌上画廊

我喜欢给每个房间起一个有生命力的名字，如果只是一个数字，总感觉少了一点情感。“溪上”的九个房间，以圆床房“随她”价格最高。其实我自己更喜欢“安然”和“午后”。

这两个房间虽然小一些，但各有一个阳台。阳台对面是近在咫尺的植物园。清早起来，站在这里，手扶护栏，一眼望去便是那片葱葱郁郁的树林，让人精神一振，心情大好。近处小溪的潺潺流水声应和着树上的鸟叫声，恍若世外桃源。这个时候，芭蕉已亭亭玉立地站在“溪上”的屋边，一直延伸到窗台。江南素来多雨，烟雨蒙蒙中，雨打芭蕉的意境就这样在一家民宿里延展开来。如此诗情画意的民宿里，自当办一场画展。

画廊的主人幽兰也颇有心思，找来了国家一级美术师、享受国家津贴的画家何水法题写了画廊的名字——陌上画廊。

我同幽兰在画廊里与往来的画家聊天、吃茶。偶有空余时间，我练习毛笔字，幽兰则一心画画，功底日见深厚。在书画市场低迷的当下，我也帮着她筹办一些画展。

画廊不大，需要少而小的作品。此次画展有十幅画作。作品送来后，我们进行了精心装裱。在布置小小的画廊时，我们充分利用了芭蕉的大叶子。一片大大的叶子铺在桌子上，上面放上茶具、笔墨、毡布、砚台，再放一些宣纸，大自然的绿与文房四宝相融合，非常有新意。画展开幕之前，我们在“蓝莲花开”的公众平台上发了推广信息，引来很多朋友的关注，其中万仟堂的张老师在展览的前一天，还带着两个朋友，用鲜花给现场做了布置。

张老师四十来岁，温和可人。虽已不再青春年少，但仍然活力四射。她的万仟堂在茶道、香道和禅道里，颇有名气。从商人的角度来看，她应该算是一个大老板，现在却带了两三位同行，一大早亲自到花市去买花，帮我布置一个小小的画展。虽说不上受宠若惊，但的确让我有点不知所措。看她们用心修剪着花枝，然后再插在自己带来的花器上，我内心充满了感动。

同她一起来的，还有太极禅院的负责人竹妹妹。竹妹妹是老阿里人，自带一股特别的气质——淡定，从容，待人真实。在老阿里人的言辞里，你永远听不到关系自身财富与金钱的描述，他们很少跟你谈公司上市、股票涨跌的话题。也许在他们的价值观里，这些只是梦想的一部分，而梦想仅占一个人一生中的10%，还有90%是在社会里的其他价值。比如清晨与遇到的邻居说早安，与好久不见的朋友小聚，陪父母吃一顿晚饭，还有给自己放假，来一次小小的旅行，或者谈一场刻骨铭心的恋爱……

办画展是自己喜欢的事，也能提高“蓝莲花开·溪上”的品质。小店本着“除房费外，其他都免费”的经营文化，这次画展也不例外。画展也请了一些媒体帮忙做宣传，不过效果甚微。这次活动主要是方便了店里的客人，来的人赏画、喝茶、聊天，即兴提笔写毛笔字，玩得不亦乐乎，雅兴十足。

利润与情怀，一个都不能少

在青芝坞的第一家店里，遇到一个流浪作家。女孩为了寻找写作的灵感，穷游了很多地方，男朋友一直陪着她。那个晚上，伴随着滂沱大雨，我们聊了很多，关于文学，关于梦想，关于人生……

在小小的客厅里，聊到最后，大家都有些伤感。男孩说会一直陪着他的作家女友，我问没有钱了怎么办，他说他会回去工作，来支持女孩一直走下去，一直写下去。就是从那时起，我也开始尝试写作。当有些朋友羡慕我开一家小民宿时，我希望自己有一家书店。这家书店里，三分之二出售当下有品质的书，三分之一出售朋友和自己写的书。这个想法，就是源于这位流浪作家。我思量着资助这位满腔文学抱负的女作家的计划。

之前，我以绵薄之力资助过很多学生。做老师的岁月里，有一年，因某些方面表现不错，学校给我发了3000元奖金。为了让奖金充满正能量，我试图用它来资助班上的贫困生。上课的时候，我问班上谁是贫困生，没人回应。之后到系里查了资料，随意选了其中一位，打电话给这位学生，说了资助她学费的事，她含糊答应。我疑惑地问她，之前上课的时候我也有问过，为何不回答，她沉默了一会儿说："老师，我不能用我的尊严换取您的资助。"

至此，我恍然明白：资助一个人，一定要给予被资助者绝对的尊严。

我反复思索着要不要资助那位流浪女作家。刚好第一家蓝莲花开主题客栈的经营时间有一年了，我需要计算一下一年的利润，然后再考虑。

因为，追求诗与远方也得先解决生活问题。

周期：2013年8月至2014年8月。

收入：

总房间数：14间。

全年住宿率：95%。

全年平均房价：300 元。

全年收入：14×95%×300×365≈146 万元。

支出：

全年运营支出：50 万元。包含：税金、工人工资、水电费、一次性用品的费用、棉织洗涤费、日常维修费、员工养老金、日常伙食费等。

房租：26 万元一年。

OTA 平台费用：12 万元一年。（OTA，即 Online Travel Agent，在线旅行机构。携程、艺龙、去哪儿网、Airbnb、小猪短租等都属于 OTA。携程、艺龙等平台对民宿的佣金是 10% 至 15%，例如 500 元的房价，需要分 75 元给这些中间商。所以，维护自来客是一件非常重要的事。）

利润：146 万 -50 万 -26 万 -12 万 =58 万元。

利润分析：当时装修整体投入约 150 万，按此利润计算，不考虑财务成本，不到三年可以收回投资款。开一家小民宿，可以玩情怀，还可以有利润，这大概是人世间最美好的事情了。对于一个不想发财，只求“无案牍之劳形”的人来说，我找到了理想的生活方式。

当初开这家店，情怀之心大于利润的考量，现在的收益，确实给自己带来一个惊喜。我也分析过为什么会有如此结果，重要的原因可能是当时市场上的精品小民宿比较少，加上我们用心打理，用心传播，所以才会有络绎不绝的客人。若想周末住我们第一家店，需要提前半个月甚至一个月才能订到房间，非周末也需要提前至少一个星期订房。

在有利润的情况下，我给那位流浪作家寄了一些钱，算是对文学的尊重，希望喜欢文学的人，能有条件一直喜欢下去。麦家在杭州西溪湿地开了一家书店，在书店里，除了可以免费看书外，还有两个床位，免费提供给那些一心写作、作品一直没有被出版的人。这种行为，不是同情施舍，而是对用心写作的人的尊重、鼓励与支持。

青芝坞里有依云

第一家蓝莲花开主题客栈隔壁的农户，在跟我碰面时，总是有意无意聊起想出租房屋的话题。我在青芝坞待的一年多里，好好做人，踏实做事，也赢得了这位邻居的认可。我当时是微笑中含着果断——我能承受的年租金是30万，如果可以，我们就签订协议，如果有人来抢物业，我只能拱手相让。虽然他的房子与我的小店相邻，在管理和营销方面都非常有优势，不过我要考虑的是租金与营收之间的关系。邻居房主考虑了大概一个月，其间他将出租的消息放出去后，也有人以更高的租金来谈过。最终，他选择租给我，成了我在青芝坞的第三个房东。

第一家店是地中海风格，第二家店是美式乡村风格，那第三家应该是什么风格呢？根据身边朋友的反馈，美式乡村风格是非常好的。记得在“蓝莲花开·溪上”还偶遇了知名电台主持人于虎，他也是满口称赞，真心喜欢。

人们很少关注一个失败小店的设计感，而经营得不错的小店，总是有很多慕名而来的人，喜欢它这样那样的小创意。设计师丁子用最敏锐的思维，捕捉到了关于我们民宿设计的灵感，作品初成后，我们用细腻的心思把民宿经营得风生水起。

在初期，国内很大一部分民宿主人是设计师、艺术工作者、媒体人，他们开出来的民宿，让见到民宿的人，都非常喜欢。这些小众群体，对住宿有着自己全新的理念，他们的民宿设计感非常强，把住一晚的刚需，提升到满足精神需要的层次。他们能找到最好的风景，设计一栋最吸睛的小民宿，但他们的致命弱点大概是不懂得经营。

在这个问题上，不同的人会有不同的追求。有一部分人就是喜欢玩，不需要盈利；而大部分人是想达到收支平衡或有所盈利的。听朋友说，台湾一位设计师，把自己家的房子改成民宿，花了 12 年时间装修，那种骨灰级玩法，不是一般人力所能及的。说到这里，我就不得不对大家提出一个尖锐的问题：你做民宿，是玩票，还是想盈利？

设计师开民宿，对于住宿业来说，是一次革命。他们把生活方式融入简单的、只是住一晚的刚需里去，让体验的人找到精神家园。这是一次了不起的变革。人们常说，让一个产品达到根本性改变的，一般是外行人。外行人的思维不受行业羁绊和束缚，不会故步自封。民宿先导者，恰恰不是传统做酒店的人，而是设计师和艺术工作者。

有了这样的理念后，在设计一栋房子的前期，我会多次与设计师沟通，表达我想要的民宿的样子。这些前期沟通结束后，一直到小项目装修结束，基本上，我不会去打扰设计师。

我把最大的想象空间留给设计师。要想让设计师设计出好的民宿，我们需要为他们创造条件，让他们把民宿当成自己可以对外宣传的个人作品，而不仅仅是为我们的项目工作，只赚点设计费。

当然，为了让一家美好的小民宿有灵魂，也需要有一些自己的想法。因为开民宿，必须要体现民宿主人的心思，否则基本会失去民宿的气质。两者平衡的重要环节就是软装。所有的软装，我都要亲自采购，去网上淘，去田野、山岭中找，或在旅途中偶遇。有些无法把控颜色或款式的东西，我会多请教设计师。设计师一般都会无私地与我分享，因为我把民宿放心地交给他设计，所以他也会用心来帮我。一杯，一碟，一床，一椅……房间里陈设的所有物品，都需要花心思。在这个过程中，就像装修自己的住所一样，我会逐渐对这里的一花一草都充满感情，一滴雨水落在我的院子里，我也有可能会有感而发。

那是个有点炎热的夏天，我与设计师坐在青芝坞40号的小院子里喝茶（第一家店所在的地方），讨论如何装修第三家店。

我：“就目前情况而言，我希望延续欧美风格。”

丁子：“为什么呢？”

“来往青芝坞的年轻人多，整体氛围适合四十岁及以下的人群。”

“你想表现轻松自由？”

“是的。”

“其实，法式蛮小清新的。”

“那试试法式？”

“可以。”

因为青芝坞的特殊性，年轻人居多，我与丁子之间的对话也带着轻松，甚至是一种玩笑。就这样，我们确定了第三家店（青芝坞37号）的装修风格为轻法式。

因为有了之前的装修经验，装修队伍也是原班人马，在沟通顺畅、班底有经验的情况下，无论江南的雨如何淅淅沥沥，青芝坞37号店在10月1日顺利开业。店名就定为“蓝莲花开·依云”。依云本是法国依云小镇的音译，还带有一种“流水下滩非有意，白云出岫本无心”的禅境。

Tips　装修时需要关心的必要问题

- 电线、水管建议买品牌的。市场上鱼目混珠，总让你无法识别，建议找一家品牌的网上官方旗舰店，或到商场的品牌直营店采购。
- 卫生间建议做全墙面的防水。做好防水后，放水试三天三夜，以确认不漏水。
- 乡村的高楼大厦少，装修时建议装一个避雷针。装避雷针最好能请到专业人士。同时，还可以利用海盐导电。它能迅速将电导入大地。
- 每一层的电源与水管分开控制，便于日后维修。
- 公共区域的灯源，全部采用时间控制器。在日常管理中，只要设定一个时间，就可以自动开关，从而减少人工成本与工作量。
- 床头柜上面，多安装几个插座。写字台附近的墙面，至少也要三个插座。现代人随身携带的电子产品多（手机、电脑、相机……），插座多便于客人充电。
- 卫生间里最好用电加热毛巾架。地处南方的乡村民宿，尤其是到了冬天，总是湿冷得刺骨。电加热毛巾架能在细微处让入住的客人感觉到温暖。再则，客人的贴身衣物，洗了可以直接晾在上面，第二天就干了，极其方便。然而，现在市面上的电加热毛巾架，质量良莠不齐，建议买大厂家的，价格在 700 元左右。

- 马桶边上预留一个插座。假如你现在的马桶坐垫没有带加热功能，日后想换成带加热的则需要电源。
- 每一个房间备一个电风扇。乡村一般比城里凉快，很多客人在不是非常热的天气里，一般不喜欢开空调，电风扇会是一个省钱又贴心的选择。
- 乡村相对湿气大，房间里尽量装地暖设备。地暖设备可以自己装，每个房间大概需要 1500 元，如果买品牌的，略贵一些。在湿冷的冬天，建议客人多用地暖，这样可以减轻房间湿气，避免东西发霉。
- 在接待厅里装一只壁炉。尽管壁炉是最原始的取暖方式，但听着木柴噼里啪啦的燃烧声，感受最质朴的温暖，这在现代社会依然很受欢迎。这不仅仅是一种舒适宜人的怀旧，还有节能环保的妙处，尤其在冬天，感觉非常棒。
- 尽量用风管机空调。它是中央空调的一种，美观度高。
- 热水系统用热泵，且必须要辅助电加热。房间里供暖，也可以尝试用热水循环，成本与铺设地暖设备费用差不多。
- 如果要做游泳池，建议小一些，水深不要超过 1.2 米。小民宿一般不会雇用专业的人员去维护游泳池，游泳池小一点便于打理。泰国很多小民宿里，就有很小的游泳池，给人的感觉也挺好。

我在莫干山造一条路开民宿

2015年1月，我陪朋友去了莫干山。虽为冬天，但在阳光明媚的中午，还是比较暖和。我们立在山头之上，看到山坳深处有一户人家，而方圆十里都无人居住。朋友说，当年他在山上待了四五年，常常去那户人家做客。冬天围着房东老伯自制的柴火炉子打麻将，是一件非常幸福的事。看到这处世外桃源，我有些激动，强烈要求去看看。朋友带我步行一段小路后，就到了目的地。

房主精神矍铄，看起来才50多岁，但实际已是70多岁的老人。他与老伴俩人住在这里，孩子们在几十年前就下山结婚各自生活去了，老两口乐得清闲。房主大伯早些年自驾游去过很多地方，是当地一个传奇人物，躲在这大山里，也算半个“神仙”。

无论是房主本人，还是他的房子，都让人很有亲切感。当时我随口问了一句：“您想出租吗？”大伯随意一说：“你想租啊？”就在这样的氛围下，我租下了大伯的房子。一年后再聊起这段往事时，大伯说他其实也考虑到自己年事已高，老两口住在这里，感觉有些孤独，如果既可以生活在大山里，身边又有年轻人在，何乐而不为呢。

当时谈下的租金是 1 年 10 万，三年一付，押金 2 万，合约 20 年，前 12 年不涨价。由于大伯用的是两项电，我委托大伯联系了电力局，换成了三项电，费用由我来承担。从见面到签订合同，中间大约三个小时。这是一个非常冲动的行为，但当时的我是那么平静，丝毫没有犹豫。之后装修的一年多里，遇到了很多困难，我依然平静对待。其实，我们没有必要去埋怨一些缘定的事，假定一些不成立的事实。我从开第一家民宿以来，一直都是秉承着随缘的原则来做事。

过年前，房东大伯如约把三项电完善到位。过完年，施工队抵达，由于山路很窄，我们想了很多办法运输材料。大车把材料送到“金鱼妈妈”餐馆后，路太窄，开不进去了。若用小车进行二次运输，效率太低；如果用卷扬机，由于落差太大，上面的物品一旦滑到下面，冲力非常强，十分危险；如果用小工搬运，成本又太高。绞尽脑汁想了很多办法，都不理想，最后，只能提前铺路。经估算，铺这条小路的费用大约为30万元。

春夏秋冬又一春，莫干山的项目在痛并快乐中前行。虽然非常辛苦，工程复杂耗神，但也庆幸这辈子还可以自己修路，自己拉三项电，自己架一座小桥。走在那条修好的路上，看到冬天挖笋的老农，秋天摘茶的茶工和偶尔徒步的过客，很想说一句："嗨，你们好！"

像寻找伴侣一样找房子

契约精神

为一间小民宿租房子大抵如寻找合适的伴侣，是一件可遇而不可求的事。所谓强扭的瓜不甜，如果不是你情我愿，还不如一开始就潇洒放手来得爽快。我在南山路上租了个房子，付了5万元押金，然后房东开始搬迁。在约定的搬迁时间里，房东大概又找到了愿意出更高价的人，与我协商想毁约，我没有任何怨言，爽快同意。

有知情的朋友还为我打抱不平，觉得房东太没有契约精神了。我倒一副无所谓的样子，觉得有缘无分也是常事。甚至庆幸自己能够提早退出，没有租那栋房子。与这般没有契约精神的人打交道，即便成功租到房子，后面还不知有多少风险呢。曾经有新闻报道，有些古镇的房东，做出过令很多民宿人恐慌的事。房东不守承诺，强行单方毁约，租赁者不予理睬，门口便遭泼大粪。更有甚者，房东说自己的合同丢了，叫租赁人把原合同给他现场在店里复印一下。租赁人没有多想，就拿出来准备复印，此时，房东快如闪电，麻利抢过租赁合同，直接吞吃，而后如魔鬼吞噬了襁褓中的婴儿般发出一阵得意、阴森、肆虐的大笑。

陪一个朋友去找房子，在白乐桥一带，与房东见面，谈好32万元一年。翌日，房东说有人报价33万元。由于朋友非常想要那栋房子，也不会谈判，便同意了这个价，并表示希望马上签约，房东说要等他老婆晚上回来一起谈。黄昏之时，我们早早到了。他老婆故意讲了这栋房子的很多优势，七大姑八大姨的某某亲戚也想租，如果确定租赁，一口价35万元。我拉着我的朋友直接走人。

没有契约精神的人，我们又何必把情怀和精力花在他们身上呢？在这个时代，政策拆迁、房东违约如家常便饭，民宿人应当自己评估好潜在风险，凡事量力而为，兵来将挡，水来土掩。

利他之心

我的一位老友在西塘租了他朋友的一家酒吧，白天在酒吧做咖啡生意。由于喝咖啡的部分客人会留下来继续在晚上的酒吧里消费，因此，不但这个朋友有了咖啡的营收，还为他朋友晚上的酒吧带来了客流量。我曾向他建议，一定要交房租，不能把别人对你的好，当成理所当然。但他想着，酒吧在白天闲置着也是浪费，咖啡的生意又对双方都有利，便没有交房租。然而半年后，因为没付租金，他朋友内心久积不悦，便让他离开了。

这个世界上没有绝对的傻子，永远不要得意于占到了什么便宜。很多所谓的“便宜”，不过是对方不与你计较，抑或是对方尚未发现合约中存在的漏洞（迟早会真相大白）。在租赁合同的大框架下，我的原则是尽量考虑对方的利益。

民宿行业有一个默认的规矩：房子出租，房东一定要搬离。房东总有一种心态，觉得房子是他们家的，时不时会来“指点”一下，加上文化差异比较大，协商不好就容易有冲突。这样的案例在民宿圈里，比比皆是。

但对于乡村民宿而言，还是需酌情处理。在大部分农村，空巢老人已是普遍现象。子女不在身边，又突然被要求迁离自己一辈子居住的地方，他们内心必定会有一种无法言说的郁结之情。这留与不留，还是讲究一个缘字。从第一眼见到房东，到后来的聊天、相处，如果你觉得这个房东有情有义，就可以考虑在主房的边上，给他们留两间房。哪位房东留下来是正能量，哪位房东是负能量，我一般靠自己的感觉去判断。相处融洽的房东留下来，也能让自远方而来的客人感受到当地文化。毕竟，所有的“文物”都不如一个有血有肉、能说会道的活人来得真切。

相信第一感觉

有一位朋友中意莫干山的一栋房子。房子坐落在一池水边，能做六七个房间，视野也好，边上是有机蔬菜餐厅。他处事非常谨慎，总是问自己：为什么这么好的房子到现在都没有租出去？几番打听，最后得知，这个房子的主人要移居法国了，房子空出来没人住怕发霉、虫蛀，所以才出租的。然而，当他再次来到这栋房子跟前时，已经有人在装修了。在他调查期间，房子被租给了其他人。租金只要 6 万一年，因为房东不太在意租金的事。他追悔莫及，失落透顶。

好的就是好的，考虑久了，你甚至会怀疑自己，也容易失去机会（租金可控的情况下）。坦白讲，你喜欢的东西，一定也有人喜欢着。就像遇见了一位心仪的姑娘，优柔寡断是万万不可的。

从第一家店开始，我对第一眼有眼缘的物业，就有一种看似不理智的冲动，往往以迅雷不及掩耳之势签订合同。

Sail 跟着一帮朋友去花鸟岛游玩时，刚好遇到一位有缘人，他在海边拥有一栋房子，而且刚好与 sail 一样，也在杭州工作，这就无形中拉近了双方的距离。回杭州后，Sail 就与那个房东签了租赁协议。

蓝莲花开主题客栈，在三年前签订合同时，也是上午见房东，中午就签订了合同，前后不到 3 个小时。

“蓝莲花开 · 溪上”的签订也纯属偶然。白天到朋友家吃“杀猪饭”，晚上回杭州，听店员说，青芝坞有一栋房子要出租，我们即刻启程去看。从见到房东，到打印合同，大概两个小时。

因为在青芝坞有店，“蓝莲花开 · 依云”的房东平时对我们也熟悉，他要租房子的时候，我开出一个条件后，就再也没问过此事。一个月后，他又找到我，说愿意以我先前提出的条件租给我，我们果断地签了协议。

租朱家角的房子时，也是非常迅速直接。一个下雨天，我去朱家角找朋友谈点事。我们慢悠悠地走在古镇的一个小巷子里，看到“有房出租”的招贴。我出于好奇便进屋去询问房租，房东老太太回答：“一间 300 元 / 月。”

朋友问：“整栋租吗？”

房东老太太：“你说真的吗？”

我说：“真的。”

房东老太太：“我前几天也在想这个问题。”

后来，因为老太太的女儿女婿要把关，我跑了三次，把房子拿下了。

我租房子的这些经历看起来似乎都很武断与盲目。其实并不是。我心里有一个底线，超过这个底线，便不会强求。我不以扩张的心态去租房子，更不以赚钱为直接诉求，而是看房子的气质是否合我心意。条件合适就拿下，不合适就果断放弃。

当然，这些偶然事件的发生，其实也有一定数据支撑。我有多年经营小规模青旅、客栈的经验，很多数据早已根植于大脑。对如何从零开始做一间小民宿，也算心中有数。当我看到一栋房子时，映入脑海的有两个因素，一个是房子的地理位置与外观我是否喜欢，另一个是数据（根据房子的格局，可以做成多少间房；每间房的房费定价；人工成本；租金；装修费用；等等，内心条件反射似的在反复测算）。这就是开小店的好处，简单，直接。

乡村民宿的租房要义

去乡村开民宿，民房的租赁是从零到一的起点。在这里，我根据自己的经验列出了一些民房租赁要义：

（一）了解当地政府对民宿的政策。

（二）确认房子使用面积是否是政府批复的面积，有没有违章面积。

（三）留意房东的户口簿（农村的房子没有房产证，只有政府认可的户口簿）上面有几个人，在签订租赁合同时，所有在户口簿上的人都要签字。

（四）留意是否有三项电，是否能通宽带网，是否有电视信号，是否有水。

（五）去村委了解房子有没有历史遗留问题。

（六）核实房子有没有被政府开发的可能，如果有可能，事先在合同条款里保护自己的利益。

（七）了解所租房子周边的路是否可以正常通行。有些乡村公路，修路的一部分资金是村民集资的，如果你在当地做生意，他们有可能会提出收取过路费的要求。

（八）观察你的房子周边是否有可见坟墓，权衡是否会影响客人。在农村，受风俗习惯影响，有些坟墓建在房子周边。有人忌讳这个，也有人认为祖坟所在之地，是风水最好的，看你自己如何界定。

（九）相信自己对房东的第一印象。对房东的印象不好，房子再好也要慎重。

合同签订注意事项

（一）在长三角地区，城中村或古镇上的房子，每天的租金不宜超过 3 元／平方米（院子不能算面积）。如果超过，要看位置是否非常有优势。

（二）在乡村，以浙江临安、安吉、桐庐、莫干山一带为例，以整栋房子为单位，年租金不宜超过 10 万元，5 万元左右最为合适。一般农村房子一栋为二层半，如果半层高度够的话，也可以改成房间，房间数约为 10 间。

（三）租期最好是 20 年，退一步为 15 年，最低不能低于 10 年。假如你运营正常，三到四年收回投资成本。到了第五六年时，需要适当投入一些整修费用。真正赚钱的是后面几年，如果时间太短，意义就不大了。如果房子所在的地区很不发达，一般都是一栋房子 1 万元以下的年租金。

（四）房租递增一般为三年 5% 的幅度。

（五）如果你的租金谈得够低，建议三年一付、五年一付。这样对房东也有好处。不过云南很多古镇租金是十年、二十年甚至三十年一付，这个现象例外。

（六）付租金和押金时，都应要求房东签字。

（七）违约金需要高一些，或者明确违约时的装修款赔偿方法。遇政府拆迁时，所有项目的赔偿款都必须归租赁人，而不是房东。比如床位补充、经营补贴、装修赔偿等赔偿。中国正处在大力改革与快速发展中，说不定哪天，政府就开始拆迁某个城中村、古镇，或者某个乡村被有实力的集团收购。不确定因素很多。

（八）在合同里一定要提到可以转让（可以根据自己的承受能力，给房东一个约定的转让补偿金额）。这样，你就会给自己留下余地。假如你经营不善，签了 20 年合同，经营了 5 年，还有 15 年，而房东不同意你转让，你会非常痛苦。

Tips　房屋租赁小贴士

- 请律师起草租房合同。为了保护自己的权益，签约时，尽量找一位律师起草合约。费用大概为 3000 元。对于一家花费 100 万元以上的精品民宿来说，这个开支是值得的。

- 懂得进退，宽容待人。合作也好，拿物业也罢，做退让宽容之人。能成之事是缘分，不能得到的房子也无须强求。
- 理性对待合同纠纷。合同纠纷的根源大部分来自钱，钱能解决的问题，都不是问题。但也得有自己的底线。
- 相信自己的品位。你喜欢的东西，一定也有人喜欢。柏拉图说，每一个人都是被劈成两半的不完整的个体。所以，这个世界上，一定有你的同类，不要太担心会不会有生意之类的理性问题。开民宿要有平和的心态，让金钱与情怀平衡。

香生别院

在仙竹山附近的一个村庄里，有一个风景宜人的水库。水库与下游之间落差巨大，滔滔碧水常年倾泻而下，如一幕瀑布，雄美壮观，但几乎无人知晓。有一位朋友委托我帮她在这里开了一家名叫香生别院的小民宿。

因为一次偶然的机会，我们在“蓝莲花开”相识，她与我聊起梦想中的乡村小民宿的样子，并请求我帮忙筹建。盛情难却，我只好欣然答应，只是提出一个条件——不能干预我对民宿的装修。

香生别院的主人第二次再与我见面时，递给我一张银行卡。她说：“所有的租赁与前期合同都好了，接下来的事情就交给你了。我要在大理待一个多月，然后从那边去尼泊尔，什么时候回来，就看你的装修进度。”

被人信任当然是一件极其幸福的事。我也不负重托，自认为完美地呈现出了主人理想中的小民宿的样子。

香生别院有四个房间，依水而建，视野开阔，八面来风。人到此处，神清气爽，心旷神怡。这家小民宿采用了美式乡村风格的精致装修，三间房在岸边，还有一间房子以木屋的形式临水而建。倚坐在木屋房间的阳台上，临水挂脚，伸腿即可触水，夏天非常惬意。岸边的三个房间与接待处，都用心布置过，坐在这儿甚至能听见春天竹子噼啪的生长之声，感受大自然的无穷生命力。

客厅里的咖啡、音乐、茶以及主人偶尔自己烘焙的小糕点，全部免费。每一个房间都带有临空在竹林里的阳台，无论什么季节，伸手便可触到竹叶。水面上的野鸭，一会儿摆成“一”字形，一会儿分散开来，在水里嬉戏。如闲来无事，到水草边随意翻找，准能拾得几枚鸭蛋，惊喜无处不在。

美好的时光总是短暂的。不知不觉，香生别院已经营业三周年。在这个莺飞草长的季节里，主人做了一个回顾。

香生别院年度数据如下：

年营业额：57 万元。

工人工资：8.5 万元（不包含民宿主人自己的劳动成本）。

日常开支：17 万元。包含：税金、洗涤费、维护维修费、更新棉织费、水电费、节日布置与鲜花费用。（由于是第一年运营，刚开业时购置的很多物品是从营业款里支出的，比如采购空调，厨房用品。一家美好的小店，鲜花是一项必要支出，平均每个星期固定支出 300 ~ 500 元。客人生日、小情侣求婚等特别活动，场景布置对客人免费，但对民宿主人却是一项“大出血”的支出。免费咖啡与糕点烘焙的固定支出也不容小觑。）

OTA 平台费用：5.6 万元。

利润：57 万 -8.5 万 -17 万 -5.6 万 =25.9 万元。

总投资：65 万元。

资金来源：存款 25 万元，家里支持 20 万元，银行贷款 20 万元（现在的农村，凭自己家的户口簿可以小额贷款）。

这样算来，三年不到，可以收回投资的 65 万元。香生别院的成功，坚定了我对民宿更合理的定义。一家真正的民宿，应该是有主人气息的小民宿。一年里，主人至少要有 200 天在店。投资也需要一个合理的基数，比如每个房间投资控制在 10 万元左右。这样的投入，房价可以定在 800 元 / 天。如果你不是抱着玩票的心理，也不想融资，建议不要玩成度假村，风险极高。只开一家小小的民宿，七八个房间，投资在 100 万元左右，房间价格定在 600 ~ 800 元 / 天，三四年可收回成本。不要垂涎于别家一个晚上 2000 元的高额房价照样门庭若市；也不要试图去破解有人投入装修资金少，生意却照样好的谜题。开一家有自己的灵魂、让自己开心的民宿就挺好。

Chapter 2

如何让你知道我

民宿终究还是一门生意

日本电视剧《拜启，民宿大人》用并不冗长的剧情讲述了山下宽太一家的民宿物语。原本在游戏公司工作的山下宽太突然被解雇，因为害怕被妻子沙织知道，不敢说出真相，因此另寻出路开始经营起当前流行的民宿。租房、装修布置似乎都是自己能掌控的事，只要花时间和心思就可以逐一落定。然而，民宿终究还是一门生意，让客人知道并选择住进来才是这门生意的关键，守株待兔显然行不通。

木讷的 IT 男山下宽太在租好房子后，蒙了，完全不知道接下来的工作该怎样进行。幸好有沙织的哥哥江南昌平，他在国外留学时住过无数民宿，还有宽太的父亲宽十郎有着多年的旅馆经营经验。也正是这两位帮着宽太出谋划策，这间民宿才渐渐有了起色。

广告圈里流传着著名广告大师约翰·沃纳梅克提出的一个经典问题："我知道在广告上的投资有一半是无用的，但问题是我不知道是哪一半。"广而告之这件事对专业广告人来说都像是在摸着石头过河，对于初入民宿行业的广告门外汉，更是如无头苍蝇。我们虽处在信息大爆炸的时代，获取资讯的渠道如同蜘蛛网一样繁复庞杂，但广而告之这件事要真正做起来，还真不是在自己的社交媒体上发个信息就完事了。

就我个人的经验而言，广而告之这件事已不再局限于传统广告那样写句戳心的宣传语，做张海报找个平台发布，民宿的推广更多在于日常的运营，日积月累建立良好的口碑。

在本章，我会跟大家分享几个我的民宿小店获得高人气和良好口碑的推广策略。

WAY

PEN
IS ALWAYS A
PEN ANY DOOR

除房费外，其他都免费

一天，Sail、我和管家，碰面聊天。管家说，隔壁的一家民宿，准备了 20 辆自行车，每辆自行车出租给客人，一次 30 元，一年下来，有两三万元收入。那时候，我们在青芝坞已经有三家店了，假如每一家店有 10 辆自行车，根据我们客人的使用率，出借自行车的收入大概是 5 万元 / 年。5 万元利润，对于一家小店来说，是一个非常大的数字。

我却不为所动，坚持说，除房费外，其他都免费。与我有关联的小店，茶、咖啡、点心、明信片和自行车，一律免费。青芝坞的依云店，每天上午提供的免费 brunch（早午餐），非常受欢迎。

每年夏天，我们都要为第二年的夏天准备一些东西。譬如，到山里收一些六月霜，学名叫南刘寄奴，存放着，到了第二年夏天，拿出来晒得更干燥一些。每天折一到两枝，用一个大大的玻璃壶泡着。做成凉茶，免费给客人喝。这种凉茶非常解渴，防暑又清肺。安吉、临安一带山里的老人年年夏天都喝。

你来留言我来寄信

2014年，黄渤主演的《心花路放》讲述在大理一个小客栈的情缘，那个留言墙引起很多有情怀的人蜂拥而至。“蓝莲花开·依云”也用一面墙，做了一个留言处。木条镶边，内铺文化砖，然后用乳胶漆刷白，留言墙就做妥帖了。旁边放几种颜色的笔，方便客人留言。由于墙面面积有限，当留言墙满了以后，就把留言一个一个地拍下来，做成明信片。客人留地址的，就寄给客人，没有留地址的，明信片一直放着，在十年内都帮他们保管，有一天他们回来了，就把这专属的明信片送给他们。

说出去的话很难一一记起，但写下的字却可以保留很久，这大概也是很多人喜欢留下笔墨的原因。出门在外，当无法用言语表达自己的想法时，在留言墙上写下点什么，或是寄一张明信片到远方，是最好不过的事了。

“蓝莲花开”寄送明信片也很注重仪式感。我们在院内放置了一只邮筒，跟邮局的大小一样，随时供客人写好明信片后投递进去。隔三岔五，我们会把邮筒打开，取出客人的明信片或信件，到旁边的邮局帮客人寄送。

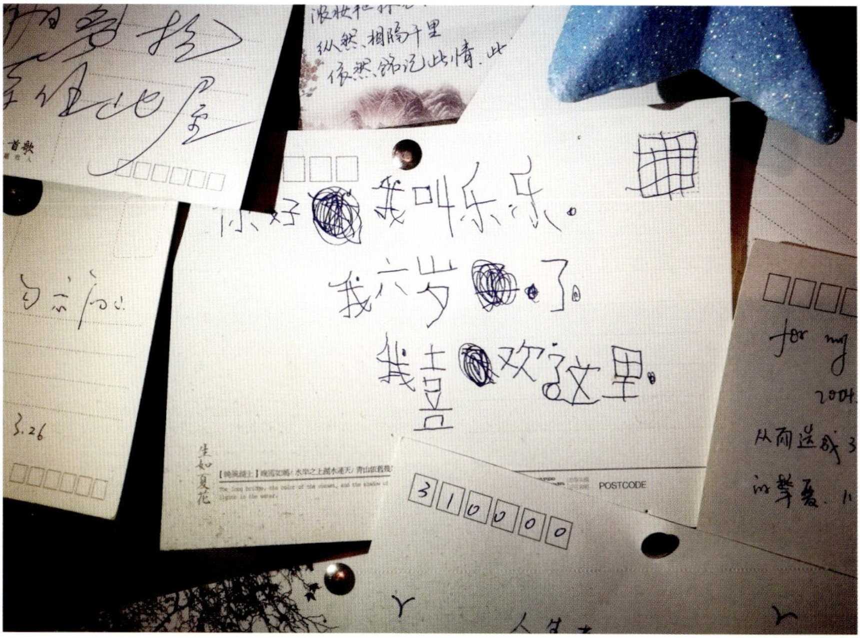
纵然、相隔千里
我叫乐乐。
我六岁 了。
POSTCODE
310000

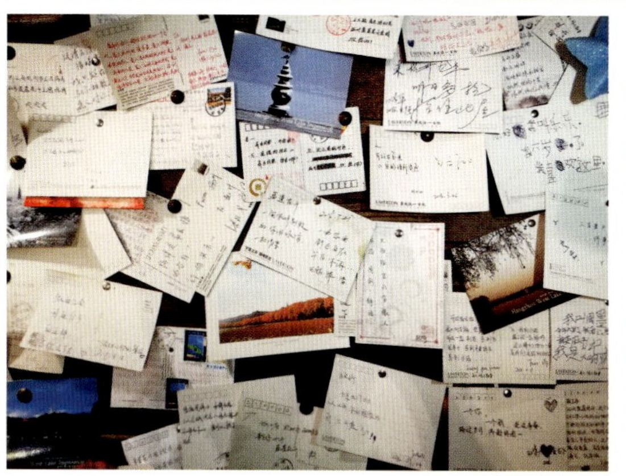

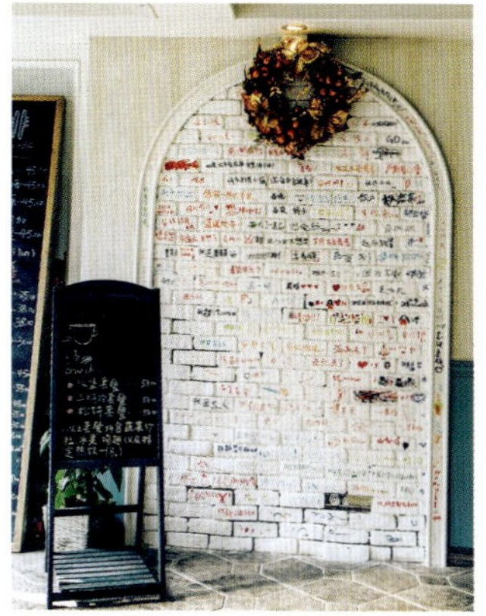

有音乐的地方就有人气

朋友伯牙的前阿里巴巴同事熊老师是专业的吉他手，有自己的音乐工作室，有灵感的时候，还会自己谱曲，填词，唱自己的原创。他为人直爽大方，遇到谈得来的朋友，抱起吉他就开始拨弄琴弦，激情弹唱三五首，嗨翻全场。

有一年在“蓝莲花开”过圣诞节，叫熊老师来助兴，那一晚许巍的《蓝莲花》让客人、朋友、兄弟姐妹（我们从来不叫自己的员工名字，都叫化名，以兄弟姐妹相处）都极为享受。活动气氛极好，于是，我便有了找熊老师长期合作的想法。在第二年的夏天，院子里的音乐会，总是坐满了客人，每一场都很欢乐。

秋果是音乐学院的学生，跟随朋友来莫干山。进到大山里，秋果显然非常有灵感，在感受到鸟语花香的南山坡魅力时，她从背包里拿出笛子，一曲《梦里水乡》，吹得悠扬绵延。故土之情被远处的薄雾缭绕得泪光闪烁。我被秋果的笛声打动了，马上问她是否可以每个周末都来这里吹笛子。想象一下，在云雾缭绕的莫干山，晨起有轻风，有鸟儿的叽叽喳喳声，有悠扬的笛声陪伴，随意待在房间的任何一个角落都是一件身心愉悦的事。

因为喜欢莫干山，秋果爽快答应每周周五过来，周六、周日早晨吹 5 首左右的歌曲，黄昏的时候随意，凭她的兴趣。我承诺每次给她 300 元报酬，报销来回车费 100 元，一个月来 4 次，如果她没空，也可以叫同学来代。

根据我的经验，一年中，花一万元左右玩音乐，氛围热闹，人气足，能产生非常好的效果，可以让民宿赚足口碑。

Tips　一场音乐会的筹备事项

- 从超市里买 20 ~ 30 瓶啤酒，免费提供给客人。
- 提供免费的饼干、小食、甜点。
- 请 2 ~ 3 名主唱歌手。（办一场音乐会，找两到三名歌手，其间做一些互动，效果一般不会差。如果找民间不太知名的歌手（以杭州为例），大概 500 元／位，一般演出两个小时。当然，如果你能找到学校里比较好的学生，价格更便宜，这是再好不过的事。）
- 红酒、气泡酒、水果等可适当收费。

总费用预算：1500 元之内。

频次：夏天的时候，每个月办一次；圣诞一次；中秋节一次；情人节一次。

放一本好书来安放灵魂

民宿是讲究个性的，是能很好诠释主人气质的地方。所以，民宿主人喜欢的，都要最大化地体现出来。

我会为每一个房间起一个温暖的名字，然后根据这个名字，为这个房间写一首小诗，刻在木板上，然后挂在门口。客人在打开门之前，一般都能注意到房间的名字甚至诗句内容，此举会让客人还未入住就瞬间感受到房间的温度和情感，大大增加好评度。

每一家店开业前，我都会用心去挑自己喜欢的书，如果实在选不出来，一部分书可以与之前店里的书重复，宁愿重复，也不要随便买些书做样子。有些客人根据店里书柜上的书，甚至能判断出我的年龄，由于对书的喜好相近，自然而然也与我和这个房子有了共鸣。

到很多小城市旅行时，我通常都会去市场上找一些老旧的书。旧书总是给人年代感和想象力。看旧书是一件非常有意思的事。有的旧书里，夹着书主人写的书信，很有意思。偶尔能看到旧书的内页里，有一封含蓄的情书，措辞委婉，很像60年代的抒情风格；有的旧书里有一些笔记注解，看到与自己的理解相差无几时，会感慨很多，不知道留下笔迹之人，如今安在。

在我看来，书能进入一个人的内心，文字能浸染一个人的情感。我把每一本书的推荐理由，用一张小卡片的方式，放在书的扉页。也许客人们看到推荐后会更加喜欢店的主人及这家小店。

我推荐的部分书籍及小卡片内容：

王森：《就想开间小小咖啡馆》

推荐理由：这本书，近几年来，销售了近几十万册，唤起了80后追求自由、寻找真我的心愿。无数人因为这本书开起了一家小小咖啡馆。无数人因为这本书，对个人存在于这个社会的价值重新定位。它是让年轻人幡然醒悟的书：我们，不能活得跟上一代一样。年轻人不再纯粹为了钱而奋斗，还有对真我的追求。自此，一种 “自雇用”的概念，由这本书无形地倡导出来，影响了此后很多年轻人的思维方式。它长期位列亚马逊畅销书榜前三位，其价值与影响力，可见一斑。

村上春树:《1Q84》

推荐理由：这是一本魔幻的书。你在阅读时，可以对比诺贝尔文学奖得主莫言的《丰乳肥臀》，以及马尔克斯的《百年孤独》。这样阅读才更有趣。

余秋雨:《文化苦旅》《行者无疆》

推荐理由：余秋雨先生一度是很有争议的作家。网络也曾以怀疑的态度讨伐他参与过“文化大革命”，损害“好人”。2008 年上海市教委为其 “余秋雨大师工作室”挂牌，争论算是尘埃落定。我个人不喜欢非常“吵闹”的作家，不过，余秋雨先生对中国文化的一些思考，还是值得一看的。毕竟，他全身心去研究中国文化，见解有独到之处。

普鲁斯特:《追忆似水年华》

推荐理由：这本有 300 多万字的书，我看了两遍。第一遍是因为学校老师推荐，算是完成任务。第二遍是因为自己有写小文章的喜好，但又写不好，普鲁斯特的意识流写法很自然，随性而至，值得借鉴。个人认为这本书是意识流作品的巅峰之作。也算是一个人一生的“流水账”。每个人都可以写一本自己的书，写得像记流水账一样也可以；善用写作手法、质量好的，就寄给出版社试试，如果被出版社退回来，就当是一本家谱吧。

沈从文：《从文自传》

推荐理由：沈从文先生没有上过正规学校，因此还被曾在西南联大的刘文典教授嘲笑过。但是这并不影响他的文学水准。他出走当兵时，身上唯一的书籍是一本字典，他用惊人的记忆力，将其熟稔于心。他在自传里描述“河滩上今天又枪毙了一些人”时，语气平静，毫无波澜。他那种经历沧桑后淡定从容的气度、无声胜有声的写作手法，让阅读者感知人性的理智与睿智。他当时的救国态度与鲁迅恰恰相反，鲁迅是激烈的，他是内敛的。

木心：《文学回忆录》《木心诗选》

推荐理由：木心先生知识面广，其文典故多。阅读时可以增加古典文学知识，也可以多认识几个冷僻的汉字。木心先生曾在莫干山小住过。我特别喜欢他的那篇文章《竹秀》，写得寓意深刻而离奇。《文学回忆录》是陈丹青先生整理的。

喜欢中国古典文学、外国文学的人读后会有颇多收获。

胡适:《胡适的北大哲学课》

推荐理由：了解一点哲学知识是有必要的，你至少得知道这辈子来到这个世界的意义。德国哲学家很多，他们的哲学理论比老子的《道德经》难懂很多。那么，这本书就是深入浅出地把哲学理论分解出来。

莫泊桑:《项链》及他的其他短篇小说

推荐理由：如果你喜欢写一些小小说，不妨多阅读莫泊桑的短篇小说。他的短篇小说故事简单而寓意深刻，文章结构严谨，文字感染力强，让人沉浸在故事里，有时候也不失幽默。

喜欢的书太多，不一一列举。只是提倡小店的书需要自己用心去挑选，最好是自己阅读过的，这样才能与客人产生共鸣。猫的天空之城概念书店的推荐书目，都由店长阅读过，并且写下阅读感言，希望借此与购买者产生互动、在情感上互联。如果有朋友写的书，也可以放在店里，客人喜欢的话，你甚至可以跟他讲讲这本书的故事。

毛主席詩詞

网评回复多用心，客人住过还会来

民宿要达到收支平衡，OTA 将是重要维护平台。中国目前的 OTA 网评基本是真实的，为了更好地为客户维护权利，OTA 平台通常不会帮助商家删除不好的评价。商家在用心服务之后，最好也能用心地回复客人的每一条评论。

回复网评的基本方法：

（1）不能简单地用“感谢光临，欢迎下次再来”回复每一条评论，更加不能复制、粘贴，千篇一律地回复。

（2）客人的满分点评我们也需要好好回复。在客人提到的点中，我们可以把自己的优点进行延伸。被潜在客户看到的话，就会大大增加订房概率。

（3）在回复客人点评时，我们需要有意介绍小店的特点与周边风景。

（4）把小店的经营理念也体现在回复中，有时候能与客人建立情感上的共鸣。

网评案例

客人网评：民宿主人很好，咖啡很好喝。周边环境不错，绿色植物比较多，空气好。

回复：您好，感谢您的到来！咖啡、茶、小点心都是免费的。对面是植物园，里面有很多珍贵的乔木，常有小松鼠造访。这里有最好的阳光、空气和水。早上起来，还能听到鸟叫声。

另一条满分点评是这样的：

客人点评：虽然路比较难找，但找到了就感觉不错。店里的前台服务很好，房间不大，卫生间洗漱用品不错。

回复：您好！转个弯看风景，有时候会更加愉悦哦。考虑到周边的客源结构，我们用小空间做到精美，这样房价不会太高。所有的洗漱用品都是台湾品牌。

客人网评：客厅很小，晚上没有保安，没有人来拿行李，价格跟五星级酒店一样，没有五星级酒店的服务，下次不来了。

回复：您好！小小民宿里也有内涵，我们更多的是主张生活气息，开一家小小的店，把小店开得美好。您来了，主人把您当朋友或串门的亲戚。所以，对于您的到来，主人只能用真诚的心对你，可能不会是“上帝”式的服务，那样真的不好玩了。也许五星级酒店体现的是父亲式的严谨与一丝不苟，小民宿体现的则是母亲式的温暖和关爱。您来时，客厅里的一杯茶、一份点心、一杯咖啡和一张椅子，是早早为您准备好了的。

坦然面对客人的不喜欢

在中国，相当长的一段时间里，酒店房间可以随便订，即使不去也不用告知酒店取消预订，反正不去就是了。

民宿因为自己的特性，在无意间，与客人形成了一个默认的预订方式，客人在 OTA 平台预订房间时，需要提前支付房费。这是一种约束，也是一种诚信培养方式。

客人提前预订了房间，没有特殊情况，中途是不能随意退订的。但有一种情况可以退订而不用承担责任：客人当天来到民宿准备入住时，如果不喜欢这家民宿，那么，主人当场就会取消预订并把钱退还给客人，还要对客人说抱歉。

这样做的理由是：强扭的瓜不甜。因为不能退订，客人通常会勉强住下，但心里肯定不痛快，同时主人也会觉得别扭，这不是做民宿的初衷。

城中村的民宿，大多选址在小巷深处或某个不起眼的地方。古镇上的民宿更是躲在纵横交错的巷子里，难以寻找。乡村和大山里的民宿，如果没有精确的导航，找到民宿所在是难乎其难。这些小民宿共同的特性是基本没有临时上门客，每一个房间都需要提前预订。另外，这类民宿的房间数一般在15间以内，可调配的房间数很有限，因此，需要客人提供真实信息才能入住。而小民宿通常还是“自雇用”，民宿主人自己就是服务生，一次预订就意味着对主人时间的预订，所以主人并不乐意随意修改入住时间。

这也是预订民宿时需要担保或付款的原因。主客双方互相体谅，才能皆大欢喜。

意见领袖的不可或缺

你若盛开，蝴蝶自来。小民宿的口碑营销最有效的方式，当然离不开意见领袖的参与。有名气的大咖遇见美好的小店，随手在微博或微信上发布信息，就足以带来意想不到的效果。

做民宿的乐趣之一就是能遇到很多有相同爱好、有意思的人。遇见大咖也无须表现出媚态，一切随缘。即使大咖出现，我还是我。一家被打造得很美好的小店自会引来无数有意思、有名气的人，小店也自然不会缺故事，精神上，也必然是饱满的。

他们都来过我的小店

森哥，参差咖啡梦想学校的校长，最近在大理筹建梦想小镇。

他路过杭州时，我带他去了莫干山。三五友人，谈古论今，还有莫干山秀美风光相伴。森哥小尝杯中淡酒，追忆年华，谈笑风生，感慨之余用手机发一条朋友圈，阅读量很是惊人。

王恒，骨灰级摄影师，曾为央视摄影师，后来成为《侣行》的御用摄影师，并参与拍摄《我在故宫修文物》《喜马拉雅天梯》。他曾在雪山里蹲守两三个月，只为寻找一只豹子的踪迹。2016 年春天，一组莫干山从前慢民宿的雪景照，火遍网络，惊艳了江南的很多朋友，也让对雪景司空见惯的北方人惊愕，原来南方的雪也可以像厚厚的棉被。因为互联网的存在，雪景照传了很远很远。那个无聊的初春时节，人们热烈地讨论着莫干山从前慢的那一场雪。

紫漫，旅行作家。一个女生，走遍中国，游历了东南亚、欧洲、美洲。早期旅行中她喜欢一个人走，现在倒是需要结伴。她说女生一个人徒步，确实有些危险，但作为一个“人”，必须有同样看风景的权利。在一本关于杭州小众美食的书中，她花大量笔墨对“蓝莲花开”进行了描述。

桑洛，作家，已出版书多本，是很多主流媒体的专栏撰稿人。他经小昭带路来到“蓝莲花开”，从此与这间民宿结下不解之缘。《钱江晚报》曾用大篇幅报道他所写的《溪上相遇蓝莲花开》。后来这篇文章被各大媒体转载。人民网、凤凰资讯、网易新闻和一些境外媒体都做了报道，其影响力可见一斑。只可惜时至今日，我还没有见过桑洛老师。

任峰，音乐玩家，最喜欢玩耳机。他在北京读书时，喜欢倒腾音乐相关的产品，无意中，因涉嫌倒卖盗版碟被关进监狱半年。出狱后，不能上学，他就一心钻研耳机。出于对音乐的敏感，他做起了手工耳机，用自己的方式诠释对音乐释放的理解。他创立了一个品牌——“凹”，一个奇特的名字。也许只有这样，才能显出他对音乐理解的与众不同。2015 年，他来青芝坞，寻求合作。我想，大家都是做小众产品，音乐与民宿有相同的气质，就欣然答应了。在“蓝莲花开 · 溪上”和“蓝莲花开 · 朱家角”的客厅里，我给了任峰一面墙，经过他的精心布置，音乐耳机墙就出现了。客人可以随时拿起耳机，听一首自己喜欢的歌，感受“凹”耳机带来的震撼音质。

我还遇到了来我店小住的阿牛、曹格、“凤凰传奇”主唱玲花、中国电影家协会主席康健民先生……其中最有意思的是写《大明宫词》《橘子红了》的编剧郑重，他为人豪爽洒脱，可谓真汉子。

Tips　找对媒体，做对事

意见领袖虽有影响力，但也是可遇不可求。要想小店得到好的推广，还需找对媒体做对事。自从第一家小店开业以后，“小的，是美好的”这一理念就被很多艺术工作者所喜爱，包含媒体人。所以，浙江的报纸和电视台，都报道过我的小店。

民宿，这个小众群体的小店，可以通过那些专门做小众旅行产品的微信公众号营销，这也是一种非常不错的方式。很多微信平台，现在已是公司化运作，他们有专业的写手，能用故事和图片打动读者。厉害的微信平台，一篇文章的阅读量可以达到100000+。

OTA你用对了吗？

很多国外的OTA网站对于一家小店的综合排名是科学而严谨的。上线的小店，所有资料要齐全，辅助的服务要有品质，客人浏览量要高，收藏率要多，订单量要相对大。这些综合起来够好，在一个城市的住宿搜索中，排名就比较靠前，订单自然就多了。“蓝莲花开”上线Airbnb后，深受客人喜爱。

小民宿大多隐于山的一隅，城市的一角。一家小民宿要生存下来，除了在自己的平台上做宣传外，互联网平台的评价，也是非常重要的。就像你去网上淘一些东西，用户的评价会对你起到非常大的引导作用。那么，如何才能让自己的小店在互联网上有比较好的评价呢？我在这里精选了一些步骤，大家把这些做好了，应该会有一个不错的评分。

当客人预订了房间后，你需要给客人一个电话，告诉客人，你是店里专门为Ta提供全程服务的管家或主人。

在第一次沟通后，尽量要到客人微信或手机号，以便在不打扰客人的情况下，为他们提供一些服务。因为打电话就意味着客人一定要接，而发微信或短信给客人，客人可以在有空的情况下再给予回复。

假如客人订房早，你需要在客人到店的前一天提醒客人。告诉他不要忘记了行程，以及自己小店所在地方的详细天气情况及注意事项。比如你需要提示客人秋天应该带些什么衣物，冬天下雪了应该注意开车安全等。

客人抵达当天，你需要给客人发信息，告诉客人具体路线。如果客人与你有互动，你就可以了解客人的交通工具，然后根据其需求，告知如何到达最便捷。

在与客人沟通时，大致了解有几位客人，是什么样的群体。如果有小朋友，又是女孩子，你可以在山里随手摘一朵野花，送给即将到来的小客人。小孩子得到关照，全家人会更加开心。

客人到达时，要在门口迎接。那种迎接无须过于客套，自己舒服，客人也自在。就如农村里的走亲戚，道一声“你来啦，路上一切可好？”比“先生您好，这边请”更让人轻松。

帮助客人拎一些行李，客人到了前台时，准备好应季水果或者饮品，以便他们自行拿取。比如，夏天将西瓜切成小片，一两口就吃完的那种，方便又实惠。当然，如果你今天心情不赖，还可以在客厅里烘焙一些糕点。整个屋子都飘着香味，客人一边品尝糕点，一边随意说笑——那种温暖的氛围，早已超越了糕点本身的味道。

客人在店期间，你需要提供咨询服务，为他们介绍当地的风情特色。比如，在莫干山，刺猬常在半夜跟狗打架；临安的龙须山里，夏天没有一只蚊子；安吉的农村里，冬天用大锅烧水洗澡，下面还烧柴，我们都非常好奇为什么他们躺在锅里却不被烫到；还有一种叫六月霜的植物，它是老人们一到夏天就采来喝的好东西，听说连续喝上半个月或一个月，夏天就不会中暑。你跟远方来的客人聊这些风土人情，他们就不会感到寂寞无聊，还会对小店顿生好感。

客人在店期间，难免会“做错”一些小事，你需要多理解与原谅客人。客人不小心打破了一只杯子，碰倒了一个小花瓶，你可以笑笑说：“没关系，杯子（花瓶）只想属于你一个人，不想给下一个人用了。”这样幽默的解围方式，客人自然喜欢。

最后，与客人告别这件事也应当重视。假想夕阳西下，你与客人一同走在竹篱外的弯弯小路上互相道别，恰似送别故人的情景。客人会觉得，自己是住在一家有情感、有温度的小店里，而不仅仅是借一张床住一晚那么简单冷漠了。

書

Chapter 3

民宿——
发现生活的另一种可能

民宿——理想的生活空间

要想把一家民宿经营好，不仅需要匠人精神（始终如一的坚持与付出），更需要对生活的十二分热爱，懂得创造生活乐趣，善于发现生活之美。请一个有情趣、会生活的人来经营民宿，如虎添翼，能让民宿呈现出诗情画意，变成充满梦幻的生活空间，让朋友、客人有一种久违的幸福、温暖感。

一次，我去一家学员店：初立方·雍园府邸——位于南京总统府边上的梅园新村。这里是民国时期国民党政府高官的常驻居所，声名远扬，海内外皆知。随意走进一个小院子，都能听闻一段让人回味无穷的民国故事。

尽管现在的梅园新村四周高楼林立，但闹中取静，并不宽敞的道路两旁，一处处独立的小院在高大的梧桐树的庇护下，显得格外安静。阳光从疏密有致的叶缝穿过，光影斑驳，搬一把藤椅坐在明媚但不灼热的院子里，等风来，看叶落，遥想民国当年……整个人瞬间从忙碌无度的工作日常中抽离出来，只感到舒适惬意。

学员的民宿，小院子里种满了应季鲜花，一丛芭蕉从墙角伸展到屋檐下，鲜嫩的叶尖已经迫不及待冲到了院外。我缓缓走进小院，刚好遇见一位南京文物学家，听他滔滔不绝地讲起民国时期曾住在这小院里的风云人物，一度恍如隔世，穿越回民国，让人浮想联翩。民国将军们的老房子，城市一隅处，鲜花盛开的梦幻院子里，有一个老者，讲着关于这所房子的民国往事，这大概就是这座民宿小院吸引客人的魅力所在。

朱家角古镇的魔法管家

小闲是我朱家角店的管家，作为一名土木工程专业的硕士毕业生，“躲”在这样一家毫不起眼的偏僻小店，很多人可能觉得实属大材小用，浪费资源。但是小闲自己觉得目前的工作才是她最舒服自在的理想状态。

这个对生活有着自己想法的小女生，离开校园以后，没有按照父母的意愿去建筑公司上班，而是自顾自地先去学了几个月的西点烘焙，随后通过网络销售的方式做起了在家烘焙的生意。大概这世上的小确幸都是为执着、有热情的人而准备的。在朱家角游民咖啡第一次见小闲，就觉得这个挽着高高发髻，干净、爱笑的姑娘，有着对生命礼赞般的热情，是我想要找的理想管家人选，当即便给她定岗定薪，完成了朱家角管家的招聘工作。

果然如我所料，小闲接管朱家角店不久，很多客人纷纷到店里来跟着小闲学烘焙，品甜点。任何时候到店的客人，几乎都能吃到不含任何添加剂的纯手工西点。而满怀着一腔热情要来找小闲学烘焙的客人，大概也不是真的要学会一门手艺，而是被小闲这种对烘焙的热情与专注所感染，想通过跟着小闲一起做手工，来体会专注做一件事情的幸福感与成就感。自然，这些客人回去后是不大可能再做烘焙的，而是缠着小闲，要求千里邮寄，这也成为朱家角店的“招牌”之一，为小店增加了不少营收。

热爱生活的人，走到哪里都不会游手好闲，虚度时光。在淡季或闲散时间里，小闲会到古镇上走走。在路过形形色色的小商铺时，小闲最关注的是一家叫阿婆茶的小茶铺。一天，她闲来无事坐在这家茶铺里跟店主阿婆聊天，无意中得知这家小茶铺已有10多年。附近的阿婆茶楼虽然接待过很多大人物，比如李敖、江泽民和一些外国首长，但是早已华而不实，再也不是传统阿婆茶的味道。这家阿婆做的茶安静而淳厚，独具风味，总让小闲忆起小时候喝过的阿婆茶的味道。阿婆茶作为江南水乡一种独特的饮茶习俗，在这家店里，因阿婆就快要失传的独特手艺与质朴的说话风格，更显得地道实在。小闲也愣是没闲住，又满腔热情地跟着阿婆学起了做阿婆茶，并在自己的小店里，频繁地试做给客人喝。很多上海客人竟因这入店即可享用的“阿婆茶”而选择周末来开“轰趴”，实在让人喜出望外，小闲也越做越干劲十足，成就感爆棚。

朱家角店的围墙上布满漂亮的墙绘时，已是冬天。在阴冷刺骨的江南，小闲站在高高的木梯上，一丝不苟地用画笔勾勒着每个线条，一画就是一上午。我不禁心疼又感动，感恩自己何德何能，竟有幸拥有这样的得力助手，夸赞小闲是中国版的塔莎奶奶——一位心灵手巧、世界著名的生活艺术家。那在寒风中毅然不动的专注画面至今还印在我的脑海里，如暖阳一般，时时温暖着我，让我在开更多民宿这件事上少了很多顾虑。我已开了六七家小民宿，当然是分身乏术，难以让每一家店都体现我自己的“主人文化”，而这些管家们，用他们的真诚与爱好，让小店充满无限可能。

很多人问我民宿到底能不能连锁？如果连锁了，又以什么样的方式经营？我也时常在想，像酒店一样由一家复制成多家的连锁店，定会是死路一条（民宿体现的是温暖如家的个性化主人文化，而不是酒店式的标准化服务）。在协助小闲画墙绘的过程中，我灵光一闪，恍然意识到，让管家文化得到应有的发挥，民宿连锁就能实现。也就是拥有一个品牌IP，连锁但不复制的独立化经营模式，让民宿主人从狭义的老板扩展成为广义上的小店运营者，既满足了民宿管家开一家梦想小店的愿望，又解决了民宿老板无法兼顾多家店的难题。换句话说，“管家文化”是小民宿“主人文化”的涅槃重生。

朱家角“蓝莲花开”经营那些事

- 编绘朱家角手工地图，免费送给客人。
- 在地图上画两个定位，标注出停车场和店的位置。古镇上的巷子比较多，需要更多的耐心和合适的方式来引导客人。
- 充分利用媒体资源，尽可能多地免费传播民宿的美好和生活的无限可能性。《上海地铁》杂志为朱家角店免费做了一期专访，带动了很多客流量。这也算是实现了理想中的“你若盛开，蝴蝶自来”。
- 开设烘焙课，免费让客人学习。
- 实行自助式入住，给顾客以主人的感觉。
- 为客人自制当地阿婆茶。
- 免费充当导游，像陪朋友一样带领客人体验当地风土人情。

莫干山的林中精灵

看过也听过太多现代人放弃都市生活与工作，归隐山坳“拈花惹草”，过上田园牧歌式生活的幸福故事。在没有开乡村民宿之前，我也曾无数次地理性劝诫自己，那不过是媒体以迎合时代为目的无限美化这种生活，切勿模仿。然而，我终究抵不过内心深处对“田园牧歌”梦的向往，竟然选择在莫干山上方圆十里无人烟的地方开了一家民宿。

蓝花楹的加入更是一个意外的惊喜，这位北漂过的姑娘，原本在北京的杂志社做设计，即便回了杭州，也是在敞亮的高级写字楼优雅地上班。我心想，习惯了大城市便捷自如的生活后，她如何能受得了山上孤寂的漫长岁月啊？当她提出想静守莫干山从前慢时，我内心盘算着不足三月，她准会跟我递辞职信。然而，谁也没有料到，在连买一袋盐都得驱车数十里的地方，她一待就是一年有余。如果不是在别处刚开的新店需要她去经营，她还真有意愿一直待下去。

告别时，蓝花楹这样跟我描述她长达一年的山里生活："这一年多的幸福时光比此前工作的那些年多得多，在这里，我的工作就是好好生活。"我不禁大笑："哈，你过了我开店时向往的生活，我还额外付了你工资！"

说起蓝花楹的山里生活，勤耕而食是再自然不过的事。蓝花楹在山坡上种了很多农产品，冬瓜、南瓜、番薯、油菜、芋艿……一年四季，季季丰收，总有应季蔬菜随意地摆放在民宿里的"孤独的书店"一角。在"孤独的书店"的墙上，挂着启功先生的一幅画，蓝花楹把七八个南瓜堆在那附近的墙角，我竟很难分辨南瓜与启功的画，哪一个更珍贵。

从山上摘下的金银花早已晒干，客人们可随意取用。用它泡茶清热解毒，甘甜可口。野生的栗子，放在书店的玻璃桌子上，大多已经微微裂口，可以很轻易地剥开直接吃，或者用来煮一碗土鸡板栗汤，滋阴补气。从小镇上买来的小鸡，放在后山的鸡舍里，不用刻意养护，不出半年就长成胖胖一只。这可是城市里很难买到的山林散养土鸡，随时供客人熬鸡汤。

当然，蓝花楹缔造的山里生活，还真不只是一般意义上的“农妇”养鸡种地，还有很多我想都没想过的生活情趣。

莫干山上永远不缺大气磅礴的风景，可遇而不可求的云海能让很多摄影爱好者蹲守多日。蓝花楹便不定期在民宿里举办莫干山摄影娱乐赛，吸引了大量的摄影爱好者。《浙江法制报》和浙江微电影协会都有摄影爱好者前来，甚至中国电影家协会副主席康健民先生也来到现场，兴致勃勃地要参与进来。摄影师们总是喜欢把他们的照片留下来，有的被我们打印出来，贴在“孤独的书店”里。有些照片，我们在微信公众号的文章中使用。公众号总是因为有专业、精美的照片而吸引到精准用户。有些客人看到美文美图后，直接付款订房。

春日里，在阳光洒满院子的早晨，她总是亲手煮一壶手冲咖啡，与客人一起品尝。店里有两台咖啡机，一台全自动化咖啡机是德国进口的，方便快捷，但煮出来的咖啡口感一般。而蓝花楹对咖啡的品位就如同对自己的生活一样，都是有要求的。在她看来，手工冲泡的咖啡，不但好喝，还有仪式感。磨、闻、品、啜的过程不但自己享受，也能让客人欢愉。当香气弥漫的咖啡倒入洁净漂亮的骨瓷杯时，美好的一天就这样不紧不慢地开始了。

盛夏时节，萤火虫和满天繁星是山里最常见的珍奇，蓝花楹带着客人一起捕捉萤火虫，用一个又一个玻璃罐子装起来，像罩住一个又一个梦一样，让每一个参与的人兴奋不已。漫天繁星下，当刺猬也耐不住寂寞在房子周边来回穿梭时，蓝花楹又推出了一个叫“小小闰土斗刺猬”的活动，吸引了很多客人携带孩子参加。到了子时，他们静静地待在书店里，关掉灯，期待院子里狗的叫声。半夜时分，狗一叫，基本可以确定是刺猬出现了。小朋友们有拿火钳的，有拿镰刀的，有拿一根小木棒的，有拿手电筒的……他们用各种工具智斗刺猬。很多个夜晚，从前慢就是一个大人小孩尽情玩耍的乐园。

当莫干山秋意渐浓时，山坡变成让人心醉的五颜六色（南方的树总是在秋天黄的黄，红的红，紫的紫……四季常青的树也不少，如此一来，山坡像被染了色一样，色彩斑斓，赏心悦目），一年一度的免费户外“一宿两天”乡间村道自驾游活动又开始了。第一天开车到莫干山，晚上住在店里。第二天一早，带着自驾的客人，从庾村出发，路过莫干山脚下，到余杭，安吉，临安。这是浙江最美的乡村公路之一。途经一片茶园，一淙小溪，一个村落，一片竹海，一畦稻田，山路十八弯，处处是风景。当地媒体称之为中国的“秋名山”。

冬天，莫干山的迷人之处，似乎只有住在那里的人才能体会。没有了夏季的热闹与喧哗，静谧反而让整个莫干山充满了神秘气息。雪景自不必说，与北方的苍茫壮阔不同，洁白的雪花飘在仍然枝繁叶茂的绿树上，一簇一簇的，像盛开的梨花。这是江南独有的雪景。在大雪纷飞的夜晚，温一杯酒，围炉赏雪，与三两客人话从前，叙今生，促膝长谈。不管过去多少年，仍然会怀念那份赤诚与亲密。你有故事，我有酒，每一个这样的冬天，从前慢里的壁炉会一直温暖着每一位投宿者的心。

在寻常日子里，喜欢“拈花惹草”的蓝花楹找一个看似普通的小盆子，或者随意捡来的凹型石块，巧手稍作摆弄便做成了很漂亮的盆栽或者插花。闲来无事时，她总是带着胖墩（店里的一只金毛狗），去山边捡石头，拿回来，冲洗干净，晾在门口的露台上。待小石头们都干透了之后，她搬来一个小凳子坐在门口，面朝远山，根据每个小石头的形状，用画笔在小石头上画一个又一个小动物。青蛙、甲壳虫、七星瓢虫……实在想不出来画什么，就去书架上翻看漫画书寻找灵感。她把画好的小精灵们，随意放在“孤独的书店”里，既做了装饰，又吸引了不少客人。画石头的时候，如若被小朋友撞见，那就更热闹了。小朋友见到可以随意画小动物，迫不及待地抢着自己画。他们在小石头上，你一笔，我一画，胡乱涂鸦，虽不太美观，但整个过程其乐融融。我在从前慢的时候，总是把蓝花楹的所有作品“洗劫一空”，然后拿到城里向朋友显摆莫干山的奇石与能人。每每讲到开心之时，就把这些小石头当佳品赠予他人。

孤独的书店
*拆封图书免费借阅
*未拆封图书可出售
莫干山
从前慢
2016.9.13

一日，日本株式会社 House Life 民宿公司来浙江考察并采购民宿管家培训产品（当时我已与武汉的参差咖啡梦想学校的王森在杭州合伙成立了“杭州参差民宿学院”）。House Life 民宿公司成立于 2016 年，他们的客源大多是中国人，因此他们想在中国寻找管家。大概是认为中国的民宿管家服务中国客人时，更能精准地把握中国人的行为习惯与喜好。与 House Life 民宿负责人见面时，我向他介绍了我们课程的很多特点。比如，我们这里没有专家，没有旅游大学教授，没有旅游界的领导，没有行业大佬，只有我。我做了近十年民宿，现在还开着十多家小店并且经营得还算不错。每一家小店的软装，基本都是我倾力而为。我们的咖啡培训师都是美国咖啡协会认证过的，我们的西点老师都是台湾老师带出来的。我尽量把我们的优点描述得清晰一些，希望对方能认可。对方一直点头微笑却一言不发。无意间，我拿着蓝花楹的小石头画说，我们管家在山里，一有空闲时间，就会用小石头画小动物，让很多孩子与大人得到乐趣。并且，这也是我们培养管家理念的一个方式——培育管家文化。这时候 House Life 负责人有了兴趣，把小石头拿起来把玩很久，连声说：“有意思，有意思。”经过一个多月的等待，杭州参差民宿学院终于与日本这家民宿公司签订了输送中国管家的协议。这家日本民宿公司计划在日本开 20 家民宿，再到泰国开 20

家，然后到台湾开 20 家。

最后请允许我在这里分享一篇蓝花楹的莫干山日记。

山中一年

下山半年了，而居住在莫干山的日子在心中依然明朗。

2016 年 1 月 20 日，大雪节气，天气预报说会下雪，于是在那一日，独自开着小车进山了。那日之后的一年时间里，我在实践中学习如何经营好一家小店，而于我个人更重要的是，学着如何去体验生命、如何与大自然融洽相处。

我要守的那一栋房子叫从前慢，房子的一角是“孤独的书店”，与我为伴的有一对 70 多岁的房东夫妇、一条大黄狗胖墩儿，我的两个同事。从杭州市区到莫干山景区车程 1 小时，从莫干山脚下到景区最深处的从前慢大约半小时车程，最近的邻居是 500 米外山头上的农家餐厅金鱼妈妈，此外，方圆十里无人家。

因为处在山林深处，在江浙沪包邮区内的从前慢却收不到快递，每周进县城采购、取快递一次，基本耗时一天。从金鱼妈妈到从前慢那最后的 500 米，是老板段王爷自己修的一条小路。因为坡度大，而那个冬天又连续多日的极寒气候（终日在零摄氏度以下），路面早已结了冰，这段路成了被客人抱怨最多的基础硬件设施。由于地理位置所限，高压电不能输送到从前慢，我们自己拉了电，但是无法在用电高峰保证电压，满房时空调可能会开不起来，热水泵容易跳闸，顶着寒风冷雨也要不时爬上水箱去重启……这些就是我能想到的从前慢所有的不足了，尽管有这些不完美，但依然不能阻止我对它的迷恋。

经营一家店，需要感性，更需要理性。理性地说：莫干山距离上海、南京、杭州等城市都在3小时车程之内，青山绿水，空气清新，加上近年精品民宿集群式发展，已然是江浙沪炙手可热的休闲度假胜地。而从前慢与山脚下集中的精品民宿或者主景区内相对集中的别墅宾馆都不同，它位于莫干山景区最深处，偏于一隅，遗世独立。它的存在，更为精准地定位了客户群：有一定经济基础、有一定文化素养、热爱自然、偏爱安静的慢生活的人群。有了这样的分析，作为经营者，我其实并不担心小店的客流量，在有了媲美星级酒店的空间设计及硬件设施后，我要做的，只是把感性的部分具象化，即将山中生活的美好展现给客人并能让其参与其中，换言之，我只需要在这里，好好生活。

入山日，大雪纷飞，刚停好车，空中就飘起了雪花，像是在迎接我的到来。雪下了两天，是莫干山多年未遇的大雪。我和胖墩儿在空无一人的山林雪地里撒欢打滚。它很开心，我比它更畅怀。一群鸟儿在寂静空灵的天地间飞过。大雪封山，我们数着柴米油盐过日子，大伯带我烤火、喝酒，讲他年轻时的趣事。人生从没过得像这般悠闲惬意，自由自在。

雪停后的两天，段王爷带着他的摄影师好友，背着摄影器材从山脚下徒步三小时到了从前慢，于是有了从前慢第一组惊艳了世人的照片，积雪、繁星、胖墩儿和陈设精美的房间，很多人只因为看了照片一眼就寻到从前慢。这个冬天我们蓄积了很多力量。

立春之后，山里依然寒冷。莫干山以竹海闻名，笋自然也就成了特产。四季之中，要数春笋最为鲜嫩爽口，而春笋产出时间很短，所以在这段日子，没有什么比跟着大伯去往更深的山里挖春笋更让人激动了。一片竹林分大小年，山民世代遵循“大年养竹、小年挖笋”的教诲。因为小年竹子不易成才，所以挖笋不会影响竹林的生长，而大年如果还随意挖笋，便会对整片竹林造成伤害，这是历代耕种的山民怀着感恩之心得出的与自然和谐相处的智慧。

二十四节气之雨水过后，雨水就真的多起来了。因为空气中水汽的增加，我在这个春天第一次看到云海，身处其中，仿佛自己随时都能腾云驾雾起来一般。我告诉自己要习惯这宛如仙境般的造化，但之后每看到一次，依然会欣喜若狂一次。就如同现在在大理，无论心里装着多少心事，只要抬头看看头顶的云，就会豁然开朗，被感动得说不出话来。

一场春雷，万物苏醒。惊蛰过后某日清晨，太阳刚刚升起，我从满山的茶树丛中采到了第一篮被高山云雾滋养着的山珍：蕨菜。这从小就吃的野菜，并不金贵，甚至可以说是廉价，但用自己的双手亲自采摘并烹饪成菜，却比以往任何一次吃都觉得鲜美。

等到春分，发现了第一朵山桃花。我们开始按照早就设想好的样子将三棵青枫移植到院前，一棵直径二十多厘米的红豆杉移到了院子中央，一棵百岁大榆树、一棵七十多岁的杜鹃和十棵棕榈树移到泳池周围，还沿着山体移植了二十多棵竹子，将房子的北侧围了起来（当时我还说要在这排竹子前种几棵蜡梅，来年就可以真切感受“墙角数枝梅、凌寒独自开”了，只是这个心愿没有实现）。大伯说，这时候移植树木成活率最高。事实证明，这几棵树都生长得很好，而晚了几日移植的一棵十多年的三角枫，尽管由大伯抢救了两次，它还是没有活过来。我的心情有些低落，像得知有过一面之缘的人最终离开了人世一样打不起精神。

照说春分就可以播种了，但是山里的气温比山下要低一些，我播下的一批种子虽然发了芽，长势却不是很好。所以还是遵从大伯的经验，耐着性子等到清明，才真正做起了菜农，因为大伯说：清明之后，种什么都好活了。

从清明前一周到立夏前，山里难得的热闹，因为采茶工人要赶着在这一季抢出一年的营生。莫干黄芽是当地特产，省级名茶，口感不输几十公里外的龙井，却有着亲民的价格，而从前慢所在的青草荡，海拔600米以上，常年被云雾笼罩，是莫干黄芽最优质的产区。谷雨日，我也凑着热闹去采茶，不同的是，我是往后山去采摘真正的野生鲜叶，并且严格按照一叶一芽的标准。因为不赶产量又缺乏经验，一个上午和朋友两人只采了一斤六两鲜叶。晒青六个小时，经过一个半小时的手工炒制，最后，只得到了四两茶叶。怀着无比珍惜的心情冲开了第一杯茶，看着嫩芽在黄绿清澈的茶汤里缓缓起舞，我告诉自己：以后要心怀感恩地喝每一口茶，因为每一个叶片都经过了一季的孕育，而每一片茶叶的背后都有人为之付出过极其耐心的劳作。

“清凉世界”莫干山的夏天自然是惬意的。就算烈日炎炎，找个树荫坐下，便有丝丝凉意。晚上在院子里看星星，听蛙声，没有蚊子，不用空调。过完了最为困乏的小满，端午节很快到了。浙江一带过端午的习俗，是在家门口悬菖蒲艾草、吃粽子、挂香囊。特地提前几日下山去药店买了藿香、苍术、菖蒲、艾叶、和薄荷，手缝香囊，送给当天在店的客人。我们在民宿经营中提倡主人文化，其实很多时候并不是为了所谓的营销刻意为之，只是自己本来就爱，想把心中的欢喜传递出去。

大暑前后，地里开始有收成了。黄瓜榨汁、玉米隔水蒸熟、南瓜刨丝和面摊成南瓜丝饼、自己揉面蒸红糖馒头、在后山放养的十几只鸡下的鸡蛋，加上一碗清粥、现炒小菜，这是给客人准备的早餐，也是我理想中的早餐，每一样食物都带着人情的温度。清晨在鸟鸣声中醒来，一边沐浴阳光、俯瞰群山，一边享用早餐，运气好的话还可以看到云海，我称之为朴实却奢华的早餐，因为现代社会中太难有这样的时间，在大自然中，放缓自己，体味食物本来的味道。

立秋之后，我们收获的蔬菜更多啦——黄瓜、丝瓜、冬瓜、木耳菜、空心菜、茄子、西红柿、苦瓜……自己种的菜没有农药，新鲜采下用山泉水稍事清洗就好。我喜欢清炒或清蒸，只放一点盐，就很鲜美可口，每一道菜都散发着蔬菜本身的味道。后来反而吃不惯别的菜了，就这样吃了一个多月素食。有时客人愿意，就邀请过来一起吃，一边吃一边告诉他们这菜是怎么种出来的。自己种菜，最后收成和食用的时间其实很短，前面更长的时间，需要像照顾孩子一样耐心照看这些菜苗。锄地、播种之后，每天都去地里，除草、捉虫，看着它们一天天长大，这需要极大的耐心。但我真的很享受这个过程，每次走在田间地头，总是有一种莫名的喜悦涌上心头。

"蒹葭苍苍，白露为霜"，白露后，早晚有点凉。院子里的大桂花树开花了，一阵山风吹过，五百米外的金鱼妈妈都可以闻到桂花香。大伯帮我打桂花，我把它们腌制成桂花糖，做成桂花拿铁、桂花汤圆送给客人。他们闻见香气都会带着笑意。从前慢附近的山林里有好多棵几十年的野生板栗树，不时可以听到“咚、咚”的响声，那是栗子熟了掉落到地面的声音。我们带着客人去山里捡野栗子，大家探着身子、瞪着眼睛在树丛中寻寻觅觅，每每捡到一粒就高兴地欢呼起来，真的跟捡到宝贝似的。今年的野栗子个儿特别大，直接生吃是脆甜，回来蒸熟了吃是糯甜。我们怀着感恩之心享受大自然的馈赠，得到的欢乐无以言表。

很多人不知道山茶树开的花是什么样子，只需等到寒露时节，便可见满山坡盛开的洁白山茶花。它们散发着隐隐幽香，清丽脱俗。和采金银花一样，每日清晨去采摘将开的花骨朵，用烤箱烘干，一层茶花、一层谷雨野山茶交替铺放在密封罐里，两周之后便可以冲泡了。春天的茶叶，与秋天的茶花，本是一树生，最后在一杯清冽的山泉水中相会，这是我想到的最浪漫的成全。

霜降，从前慢门前的青枫红了第一片叶，好像秋天这才算真正来了。屋后有一棵柿子树，柿子红了，挂满枝头。每日采摘几个，放在房间，小卡片写着，“从前，日色变得慢，一生只够爱一个人……柿柿如意”，等待

客人的到来……

在从前慢的第二个冬天，我在临下山前读完了《瓦尔登湖》，在梭罗的世界里不可自拔。我们在整个南山坡撒满了油菜花籽，许愿来年花开满坡时，再回来看一看。

蓝花楹

2017 年 2 月

又见炊烟

很多时候，我们在经营一家小店时，不可能尽善尽美，也不可能万无一失， 我们要想办法把缺点变成优点，而不只是捶胸顿足，心生懊恼。在香生别院这样一个人烟稀少的山野小院，这里的管家就像变戏法一样，把这里经营得风生水起，炊烟袅袅。

村子里的婆婆很喜欢香生别院，她用红色的绢纱布和小铁丝，做成一朵朵小花，送给香生别院。我们就用一个小小的竹筒，把阿婆的花装起来，放在客厅，再用一张彩色的小纸片，剪成心形，上面写着：隔壁的阿婆已经80岁了，喜欢做花，可免费教授。有客人喜欢，我们就请阿婆来店里，免费教他们做绢纱花。阿婆年事已高，形单影只，子女很少陪在身边。偶尔请她来教别人做花的手艺，她自己也感觉充实又幸福。

当管家知道当地有家做了近30年包子的人气包子铺时，她便去跟包子铺的老板商量，希望老板能一个月里有那么几天，早上到香生别院现场做包子，给客人们做早餐。现在对食品要求严格的客人，关于要不要吃肉包子有很多想法。管家这样做，一方面将传统手艺展示给城里人看；另一方面，让客人吃到放心的包子，增加了吃早餐的仪式感。这个想法非常受客人欢迎。为了证实包子的品质，在合作之初，管家起了一个大早，六点多跟随包子铺老板到菜市场，把老板买肉，挑葱，找姜等各种采购原料的行为都用照片记录了下来，再观摩记录老板做包子的整个过程，用图文并茂的素材，编辑成微信文章推送出去，真正做到让客人信服并放心，也为当地用良心做包子的纯朴老板做了宣传。

闲暇之余，管家又收购了一些年纪大的阿婆采来的野生高山茶（其实就是一些荒废了的野茶），炒干之后大概200元一斤。在互联网上买来小牛皮袋子，一两一两地包装，这样平均下来，一袋大概20元。凡是来过的客人，都会获赠一包野生高山茶，客人如获至宝，甚是欢喜。在带回去喝过之后，好些客人甚至千里来信要买茶。这一桩意外的生意，既帮助了邻居们消减茶叶库存，又为客人找到了没有喷洒农药的有机茶叶，两全其美。

小店边上有一片竹林，约三至四亩地大小，管家以一年1000元的价格承包下来。春天来了，便叫客人上山挖竹笋，从城里远道而来的客人甭提多开心了。在这里，最让孩子们开心的是追赶着鸡、鸭或鹅四处跑。当孩子们在水域边发现一窝鸭蛋时，会兴奋得奔走相告。我们有空的时候，会蹲在孩子边上，给他们讲丑小鸭与白天鹅的故事。

隔壁邻居家的小妹是美术学院的学生，常有一些写生课。管家了解到这个情况以后，贴心地提供美味的下午茶，盛情邀请她和她的同学们，坐在小店的水边写生。一群朝气蓬勃的大学生坐在这个美丽的小院，形成了另一道亮丽的风景线。来店的客人也被吸引了，大多驻足观看。远远看去，一栋小房子，几个写生的年轻人，静观写生的客人，水波不兴的湖面，波涛起伏的竹海，如诗如画。

要让小店里随时保持美好，花是不可缺少的点缀要素。在山里订购鲜花不太方便，价格也高，管家就别出心裁地找来野花野草，将整个院子装点得漂亮雅致。花开堪折直须折，莫等无花空折枝。很多时候，客人非常乐意与管家一起去采摘野花，对于久未接触大自然的客人来说，这无疑是亲近大自然的最好方式。如此一来，不但提高了客人对香生别院的满意度，管家自己也乐在其中。

每逢夏季，管家会从山里采来紫苏、金银花和艾叶，将其晒干，再到中药房里买来陈皮、薄荷和藿香。需要说明的是，同样是做端午的中药包，莫干山的做法与香生别院的做法完全不一样。关于入乡随俗，或者挖掘地方文化的事，我们可以多加用心，到来的客人更愿意感受差异化的乡土人情。管家们还会把大米和茶叶（在浙江北部的农村，人们认为茶叶和大米放在一起，可以辟邪。）跟其他材料混在一起。然后从网上买来小布袋子，把所有材料装进去，做成一个个非常好的纯天然香包，免费送给客人。这种香包不但能除蚊虫，还多了一份神秘的力量。

在去往香生别院的必经之路上，每年夏天都有一群当地人占用一大片地方，其中也占用了公路的一部分，摆设一些原始的设备，加工竹枝。当地人把竹枝加工成半成品后，出售至全国各地。可想而知，这会给开车而来的客人带来不便。这个时候，管家总会亲自去迎接，并一路解释，说明这是当地一个特色。她还会向客人介绍竹枝的制作工艺，竹枝的用途，运向何处，等等，客人听了反而非常喜欢路上的这一小插曲，也会因为管家的详尽介绍与一路陪伴，备感亲切。这里没有高星级酒店的标准流程化服务，但一切都让人很舒服、很自在。

冬天是江南的旅游淡季。长三角地区有很多专业性强或者资金充足的民宿，会在上海设立办事处，通过营销推广，拿到很多公司年会的单子，以弥补冬季无订单的空白。然而，像香生别院这样的单体小民宿要熬过严冬，就需要个人智慧了。

每年这个时候，聪慧的管家便会早早与临安从前慢的管家策划“两晚三日游”的自驾特别活动。从莫干山脚下到临安的太湖源头，有一条蜿蜒曲折、百转千回的山路。途中有深潭水库，有陡岩峭壁，有枫叶满崖，有关山难越，有康庄大道。时宽，时窄，穿隧道，过水桥，特别适合自驾游。因为这个活动，一个月里卖掉“两晚三日游”36套。管家就这样借助身边的风景，轻松稳住了香生别院的入住率。

Tips 淡季经营注意事项

在这里需要说明一点，千万不要在淡季随便降价。一个房间的价格体现了对已入住的客人的承诺，之前的客人800元一间，后来者500元一间，这是非常不尊重前者的。淡季可以多做一些促销打包，比如入住送野茶叶、冬笋或景点门票等。在OTA平台上体现出来，更容易被客人关注到，从而增加被预订的机会。

浅谈民宿人的生活趣味

开一家民宿，你是为了什么呢？

为了一种生活方式？

为了赚钱养家？

为了保护一所老房子？

为了传承一门即将失传的手艺？

大家可能会给出形形色色的答案。这个问题总让我想起一个朋友的故事。

丽水基本没有工业，早年间，相对于浙江其他城市而言，经济落后很多。但它的自然环境相当优越，风景如画，气候宜人，是一个适合修身养性的天然氧吧。从杭州去那边的一个叫沙汀的村子，先要乘坐 2 个小时高铁，再转乘一个多小时汽车才能抵达这个“神仙居”。长长的山塘，百转千回约 10 公里，依山环绕。农历二月一过，水边的白玉兰、紫玉兰都开了，大片大片的花瓣随风飘落在清澈的水面上，水流花谢之景了然于眼前，让人心旷神怡。山上的木姜子也开花了，淡黄色的花朵一簇一簇从绿色的竹林里伸展出来，特别打眼，惹人喜爱。沙汀村与这池绿水之间有一片很宽的空地，被人工运来很多沙子，做成了沙滩，上面还种了高高的棕榈树，俨然一个海边度假村。

朋友早期在这里买了 3 栋老房子，为了不让老房子倒塌，他尽力修缮，花了不少钱。去年，被诊断为胃癌后，他卖掉了上海所有的公司，来到这个安静的地方休养。一次我去看他，建议他把老房子做成民宿，一方面可以打发无聊时光，另一方面也能赚一点钱，补贴日常开支，毕竟公司全部卖了，不能总是吃老本。虽然生命正在遭遇劫难，但生活还得继续，仍需要好好活着。

他欣然采纳我的建议，并托我帮他装修。总共花了近 150 万元将那几栋老房子装修成了精品民宿。按照我对乡村民宿的投资标准，这里最多只应投资 100 万，但这是老房子，需要另外花一番心思。所有墙体用了夯土，我找到当地垒墙的老匠人，保留了原始的古村落房子的工艺与样貌。3 栋老房子，一共可以做成 8 个房间和一个接待厅。所有客房格局均为一室一厅一厨一卫，厨房相对简易，供客人做一些简餐。

从上海大都市日理万机的繁忙工作状态转换到小山村的安静闲适，朋友一时之间很难适应，显得有些焦虑不安。然而，一年之后，朋友专程找到我说想在村子里再买几栋老房子。这个想法让我惊诧万分，不是胃切除一半后的暂时修养吗？为什么要再买房子？那个午后，阳光正好，朋友一身休闲装，头发乌黑，面色红润，说话声音洪亮、中气十足，很难想象是刚从“鬼门关”走过一遭的孱弱颓废病人。他带我去他房子边上的一块小菜地，拔了几个萝卜，摘了些青菜，带回去炖了一锅萝卜排骨汤，炒了一盘青菜。每人一碗白米饭，吃得舒服极了。

找一个阳光明媚、空气清新、水源干净的地方，与土地和农作物成为朋友，相互呵护，日出而作，日落而息，这大概也算是一种生活趣味。开一家民宿并居住于此，至少能修复一个欠安的身体和一个焦虑的灵魂。

谈起民宿主人的生活趣味，就不得不说说许多人感兴趣的生活美学。那些既能释放压力，又能陶冶情操、获得技能的体验项目，越来越多地受到人们的关注。花艺、茶道、香道、烘焙、咖啡、活字印刷、布艺，甚至结绳、陶艺、木匠、篾匠等传统手工艺都将是民宿经营者的“镇店”技能。非物质文化遗产，如夏布、特色陶艺、铁艺香炉、竹编等逐渐淡出人们视野的传统手工艺也再次被拾起，成为民宿里的一道风景线。想象中国未来的民宿能够成为传统手工艺的展示厅和传承据点，那将是多么美好的一个景象。

我有探寻过经营得不错且长久的民宿的规律，它们有一个共同的特点——民宿里有内涵。这些内涵有的是主人自己的，有的是民宿里留出一个空间，给有手艺的人进驻，从而带来内涵。杭州南山路观音洞边上，有一家叫“曼陀林”的民宿，老板夫妇二人均为设计师。女主人 Apu 每天把自己的小院子布置得跟油画一样。有时候，她甚至会根据某幅名画的样子来布置院子，然后再临摹这幅画，送给当天来的客人。她在装修房间的时候，对照《凡·高的卧室》那幅画，装修了一个几乎一模一样的房间：墙壁和门是淡紫色的，地板由红色方块组成，木床和椅子由黄色和黄油色组成，床单和枕头是很亮的柠檬黄，被子是红色的，窗子是绿色的，梳妆台是橙黄色，台盆是蓝色。他们的理念是：让顾客住在画里。这样的房间仅是想想都让人兴奋不已、跃跃欲试。

去日本的时候，坐在小樽的河边，看着冬雪飘在一位路边画画的老艺人的身上，那场景宛如一幅美丽的画。不知道出于什么目的，我买了一幅他的画，心里想着，如果民宿里也有一位老艺人，与客人进行艺术互动，这会如何呢？因为有了这个想法，我就给日本的朋友打电话咨询，问他日本哪个地方的民宿有手艺展示，我想去体验一下。朋友告诉我，富山有一家，并提供了详细地址。一路波折，我终于到了富山，找到了朋友所说的 BnC（Bed and Craft，床与工艺）民宿。

民宿业里的 BnB（Bed and Breakfast）早餐 + 床的模式人尽皆知，而 BnC 却鲜有人提起。1982 年出生的日本建筑设计师山川智嗣是这家店的主人。他曾在加拿大留学，2009 年去了上海，待了几年后，又回到家乡富山，准备开一家民宿。日本房子多为木质结构，因此他找了当地一些木工装修房子。装修过程中，他琢磨着如果把木匠留下来，指导爱好木工的客人，帮助他们完成木艺作品，他们肯定会喜欢。比如制作一把木勺子、一把木饭铲或一双木筷子。

创业者的行动力一般都比较强，一有想法就会付诸实际行动。山川智嗣给自己的民宿起名为 BnC。因为有传统手艺与客人互动，民宿的生意非常好。山川智嗣就开始寻找更多的民间艺人，与他们合作开了更多的店。有民宿与造纸家，民宿与布艺家，民宿与染织家，民宿与木雕家。每一家的生意都很好。房费 6000 日元每晚，相当于人民币 370 元左右，价格非常亲民。

客人在投宿的同时，还能娱乐性地学到手艺，遇到真喜欢的，甚至会留下来花更长时间学习，一门即将消失的传统手艺，也有可能得以传承。

可以说，每一位优秀的民宿经营者都是一位有着“独门绝技”的匠人，他们热爱生活，有着高雅的生活情趣，乐于分享美好的事物，永远像一束明亮的阳光，明媚而不刺眼，温暖着每一个可能遇见的旅人。他们从容淡泊，以一种令人向往的生活方式满足着客人的精神需求，他们也是最知道自己想要什么的一群生活家。

我的民宿小伙伴们的经营日记

正如三毛所言：真正的快乐，不是狂喜，亦不是没有痛苦，它是细水长流，是碧海无波，在芸芸众生里做一个普通的人，享受生命一刹那的喜悦。民宿能给人一种在城市里从来没有过的宁静之感。活得越素朴，越能听见内心的声音——和喜欢的一切在一起，我想一直这样生活下去。

因为觉得民宿是可以同时实现诗和远方这样的一个乌托邦式的生活，所以就选择了民宿。而我呢，从做旅游产品规划转行到民宿业，难度也不大。

在这个行业里，说大话吹牛皮的人很多。每个人都可以说自己有一个诗与远方的梦想，却很少有人愿意踏实地去做事。我佩服那些用心做民宿，营造美好氛围的人，我正在学习做那样的人。

很多人都觉得做民宿守一家小店是一件很幸福的事，可我有时候会感觉是提前过上了慢悠悠的老年生活呢，哈哈。

有一位客人在 Airbnb 上预订了一个房间。他特意打来电话说，过几天就是他和妻子的结婚纪念日，想托我给他的爱人准备一些惊喜。我预订了蛋糕、气球和装饰品，并在他们到达那天买了玫瑰花，还用玫瑰花瓣在床上铺成一个心形。至今还记得，她推开房门那一刹那的惊喜和感动，他俯在她耳边轻声问："喜欢吗？"

那一瞬间，我自己也被感动了。最近特别喜欢张爱玲的一句话："于千万人之中，遇见你所要遇见的人，于千万年之中，时间无涯的荒野里，没有早一步，也没有晚一步。"这时间的荒野里，你会遇见谁？谁又会穿过人山人海与你相遇？我喜欢在民宿这样的场景里与人相遇，倾听他们的故事。

我理想的一天是这样：住在客栈里，早上 8 点被鸟叫声叫醒，

然后为客人准备当天的brunch，等客人陆续下楼，餐品也陆续端到客人的桌上，再给客人冲几杯咖啡。吃了丰富的早餐，喝一杯咖啡，一天才算正式开始。中午约几个好友来院子里喝下午茶，现烤一些麦芬和苹果派。夏天的晚上，冰上一瓶白葡萄酒，晚上坐在院子里喝一杯，微醺之后回房间睡觉。

每个人都很难完全按照自己的理想去生活，只是会尽量去靠近自己的理想生活。就像我们客栈的露台，面朝着植物园，早晨被森林里的鸟叫声叫醒是很童话的，上午的时候穿着睡衣在露台上喝一杯美式咖啡，发一会儿呆，这是很舒服的，但我从来没有这样做过。重要的是，我的客人可以这样做，“予人玫瑰，手留余香”，我很满足！

关于为什么会开一家带咖啡馆的民宿，其实是一种缘分。记得有一次和好友去杭州满觉陇路上的一家咖啡馆。它位于半山腰，二楼是民宿，一楼的咖啡馆里有几只猫咪，咖啡的味道很好。我觉得找到了自己想要的生活——住在一家有咖啡馆的民宿里。但是我完全不知道怎么开始。念念不忘，必有回响，后来学着去开一家小小的咖啡馆，三年后阴差阳错开始经营这家有咖啡馆的民宿，慢慢接近自己的理想状态。

因为要照顾两个儿子不能住在客栈里，但是至少每天的生活是没有日程表的，只要专注做手头上的每一件事情就可以了。所以每一次冲咖啡，闻到香味都觉得很放松；客栈里会放一些自己喜欢的书籍，有时候会在书里夹上一个书签，写一段自己的心得，期待会有人产生共鸣。

也许生活就是这样，年轻的时候去奋斗，去找自己在这个社会的位置，需要成就感，但并不清楚自己的理想生活是怎样的。等到你有了家有了孩子，有了对生活的感悟，再去慢慢接近自己的理想生活，这会让你觉得很踏实，每天的幸福感就来自生活中的细微之处。

去一家民宿休个长假

一日，在莫干山的店里，我迎来了从北京来的一位客人——兰心。留宿一晚后，她找到我说，要在这里长住一年。早就见惯了城里来的客人对这里的赞叹与迷恋，但也不过匆匆数日就会离开，留宿时间最长的客人也不会超过十天半个月。在好奇心的驱使下，我与兰心展开了一场如记者般打破砂锅问到底的“采访式”对话。在这里分享给大家。

问：是什么契机让你想要在这里待上一年之久？

答：生活总是喜忧参半，都市的快节奏已经将本就艰难的生活折腾得面目全非。我本身是一个喜欢安静的人。比如，在无人打扰的午后，我喜欢放上一段优美的音乐，就这样静静地坐一下午，感受音乐带给我的祥和。抑或在寂静的夜晚，轻抚古琴，仔细聆听指尖温柔跳动的音符。每到这种时候，我总会觉得自己与这个喧闹的城市是那么的格格不入。每个人的内心都有两个自我，一个留在这俗世中痛苦挣扎，随着所谓的生活法则飘飘荡荡，随波逐流，说着言不由衷的话。另一个则留在精神世界中，渴望做最本真的自己。在都市里待得久了，越来越感到焦躁不安，我强烈感觉到那个真实的自我正在慢慢消失。特别是我猛然察觉自己已经将近一个星期没有好好地坐下来与音乐交流，我最钟爱的古琴早已蒙上了一层厚厚的灰。我已经很久不曾坐下来，与音乐“促膝长谈”。那些日子我的情绪一直不好，整个人跟丢了魂儿似的，心不在焉，丢三落四，时常感觉自己快要窒息。有人建议说让我出去散散心，我在网上浏览了一些信息，都觉得不太合适，直到有一天我误入一个博客，背景音乐清澈而悠远，并配有多张能把人美哭的云雾缭绕的山林及泉水图片，我一下子就被吸引住了。我根据博客里提到的文字在网上查了一下，竟然真有该地的信息，于是当即就订了一间当地的民宿，第二天便驱车前往。只是没想到道路如此颠簸，幸好路程不算很远。到达这里之后感觉很好，犹如误入桃花源一般让人喜出望外。

问：住在这里，最让你沉醉的是什么？

答：我喜欢这里乡村的宁静和流水的灵动，每天早上起来，走出房门，直面涓涓流水，这纯净的氛围令我陶醉。来的第一天我就爱上了这里。那些灵动的流水、欢闹的鸟雀、相互依偎的花草，甚至聒噪的青蛙都是美好的音符，在我的脑海中不断地翻滚融合，争先恐后地驱除我内心的焦躁与惶恐。时间一长，我甚至觉得我会蜕变成一个全新的自己，摒弃那些俗世的名利与纷扰，只遵从自己的内心。

问：你平时在这里都做些什么？生活日常是怎样的？

答：俗话说得好“窈窕淑女，君子好逑”。人与人之间的好感都可以用那么美的诗句表现出来，更何况是人与大自然呢。我对大自然也是这样的感情，好比飞鸟倾慕大树，这里的美好让我难以割舍。经历过城市的金属轰鸣，就想来山野听一听鸟语蝉鸣；经历了城市的污浊空气，就想来嗅一嗅田间芬芳；经历了城市的高楼大厦，就想来走一走阡陌小道。城市中的快节奏生活使我的心情极易烦躁，很少感觉到音乐带给我的安宁祥和。来这里以后，一切都是那么安静，我像一只自由自在游玩的鱼，在平静的湖水里悠游，这让我满心欢喜。这里的大娘好像永远保持着生命的活力，她的嗓音一直那么嘹亮干脆，干起活来也是一脸笑意，完美地诠释了知足常乐这个词。这里的生活很简单，每天清晨，我被窗边的第一束微光唤醒，简单洗漱、就餐之后，我就会坐在窗边抚琴，每当古琴的声音飘出窗外，我仿佛能看到大自然在与我一同弹奏。下午和傍晚，我喜欢出去走一走，感受一下大自然奇妙的氛围。我住在这里没有什么固定的生活模式，每一天都是新的开始。

问：如何描述你现在的这种状态？

答：我想民宿改变了我，这些日子里，我仿佛对生活、对情感有了不一样的认知，生活固然艰辛，但是生命依旧美好。长久以来我只看到了生活中的挣扎、痛苦，我总是认为美好与残酷是并存的，梦想是没法照进现实的。但是现在我觉得生活中的那些艰辛是为美好服务的，正因为经历了一天的劳累与喧嚣，傍晚归家后那些短暂的音乐时光才显得弥足珍贵。生活中的美好总是隐藏在不经意间，因为太小、太过频繁，我总是忽略了它的存在。我现在的状态同之前比有很大的差别。有句歌词有言：“成熟不是心变老，是泪在打转还能微笑。”住在从前慢的这段日子让我成长，也让我坚强。我的内心变得更加随和，万物带给我的都是幸福的感觉。

问：以前的生活是怎样的？

答：现在我回想之前的生活，突然觉得自己一直固执地坚守在自己画的怪圈内，认为自己喜欢安静，与喧嚣的城市格格不入，可是这个城市的喧嚣与我何关，为什么非要强调喧嚣的城市，我所在的明明就是温馨的家啊，这里有爱我的父母，有我最喜欢的音乐，还有我的小宠物不离不弃地陪着我。我突然就明白了，真正喧嚣的不是城市，而是我的内心。而民宿仿佛是一个有魔力的地方，它一点一点地为我洗净内心的喧嚣，清澈的河水流过我的心房，让我认清了自己的心，也明白了自己的追求。最终我将离开民宿，但是民宿带给我的这些感觉我永远不会忘。

问：有想过长期住在这样的地方吗？

答：我倒是从未想过要长久居住在这样的地方，虽然这里的生活让人心生幸福，没有世俗的竞争和压力，但是我就当这一段时光是我从时间的指缝里偷来的，享受过幸福后，也应该知足地回归自己的生活轨迹，继续直面生活的艰辛，带着内心的追求从心出发、重新出发。

问：有人说，城市是一群人的狂欢，一个人的孤单；而乡野生活是一个人自由自在的幸福。但也有人说，逃离都市是一种颓废的表现。你怎么看？

答：城市是一个非常复杂的地方，它会给你带来财富、权利，但是它也会让你忙碌焦躁。在城市中生活，你可能会迫不得已去做自己不想做的事情，不得不随波逐流，有时候甚至不想与人交流，既讨厌孤独，又离不开孤独。我住在这里之后，一切都改变了。我可以做自己想做的事，弹弹古琴，享受属于自己的世界，让自己的内心回归大自然，享受自由。我不大认可逃离都市是一种颓废的表现。每个人都有自己的想法、做事情的方法，不能把自己的想法强加到别人身上。比如我，在城市待久了，就是想到乡下享受大自然的韵味，让自己享受宁静的生活。

问：回归到以前的生活轨迹后，你将会怎样面对之后的生活？

答：我时常会想，回去以后如何重新适应城市的快节奏。我想，我的心态已变，不会再用急躁的心情去生活、学习和工作。我已经从烦闷中解脱出来了，对生活又有了新的畅想。能够拥有一段安宁的时光，让我享受大自然的乐趣，享受自由，我已经很满足了。城市的生活往往会紧张中带有喧闹，回去后肯定会有不如意的事情在等待着我，但是我经历了乡下的慢节奏之后，慢慢懂得了生活的乐趣，这让我找到了放松自己的有效方法。如果以后遇到烦心的事情，内心再次陷入波动，我可能会再次回到这片净土，放空自己，听一听自己内心的声音。

问：如果还有人想和你一样，当一个老住客，一住就是几个月，离群索居在深山一隅，你最想对他们说的话是什么？

答：我希望那些在生活中挣扎的人能够自己拯救自己，我想告诉他们，赶紧离开那里，抛开城市的喧闹吧，找一个心仪的地方，尝试着把自己从日常的生活轨迹中抽离，去享受一段宁静与祥和的时光，把自己内心所有的浊气都释放出去吧。你可以在雨后泥泞的小路上呼吸新鲜泥土的气息，让路边的野花环绕在你的身边……可能这种生活经历过几天就会觉得平淡无奇，但请一定相信，大自然才是真正能治愈我们的精灵。它会让你涅槃重生，焕然一新，更加勇敢地走向未来的生活。

溪上相遇蓝莲花开

作家桑洛是蓝莲花开·溪上的常客，因为对溪上的满心喜欢，他写过一篇很长的“情书”。很多客人因为读了这封“情书”，慕名而来。而我自己，每每读来，也感慨万千。我感到无比幸福，为有那么多人喜欢这里而开心。在此，请允许我节选其中一部分，与你分享。

杭州之西，风雅西湖。西湖之西，是青芝坞。青芝坞之西，是溪上。溪上，一路向西，极致之西，浑然天成。溪上，点睛之笔，有你喜欢的人，有你喜欢的、看得见风景的房间，有你不舍的风情。

喜欢上徒步之后的日子，我常会选择在一个安静的时间，独自一个人背包，走到蓝莲花开客栈，这是我短暂的终点。然后，我再从溪上出发。

这是我很长一段时间的生活方式。必须要做一个说明的是，蓝莲花开·溪上是青芝坞的一个客栈，在靠近植物园北门的一个角落里。从车站到浙大，要穿过一个个街区，顺着满街都是高大梧桐笼罩的玉古路，一直走到青芝坞，再沿着这条小道走到底，蓝莲花开·溪上就展现在你的面前。

车流的喧嚣此时被远远地抛在了身后。你大口呼吸着从小楼后面的一大片山间自然氧吧飘来的清新空气，还能仰望林间叽叽喳喳的不知名的鸟儿。透过高低起伏的曲线屋檐望去，苍翠的灵峰山与玉泉山就在触手可及之处。你低下头，推开小花园的矮门，有樟树参天遮盖出浓荫匝地，有枫树还在尽情吐着新绿，小小的丛林中绿意盎然，郁郁葱葱。地面还有一些不知名的小花在喜悦地盛开着，几丛傲人的芭蕉就在园中不声不响地欢迎你。摇椅和躺椅上或者空着，或者有人在看书，轻轻抬眼看了你一眼。你再推开宽大的木格子的家门——对，是家门！那个蓝衣白裙的笑盈盈的女子对你说：“你好啊，你回来啦！”

你踩着暗格子的地板，随着那亲切的声音，你心情快乐，闻到了咖啡香，还有茶香。你深深地嗅了嗅，你看到一排高大整齐的书架旁，古朴沉重的原木桌上的咖啡正腾着香气，新春的龙井正在泉水中翻转，那笼子里的吊灯闪闪地照着眼眸里的光亮。

回家，到了房间，放下行李，你背上轻便的包，出发。

你可以从太阳没有升起就开始走，一直走到月朗星稀。可以想环湖就环湖，想登山就登山，想看庙就看庙，想逛街就逛街。这些都是走路的乐趣。

客栈旁有条清澈的小溪，是从灵峰梅林深处流淌下来的，我想，在残雪消融的时节过来，汲一壶水，泡上一杯新春的明前茶，该是何等的快意。

顺着小溪走出青芝坞，可以进植物园，这是植物的大观园，是植物的百科书。可以去车多人少的杨公堤，走人来人往的苏堤和白堤，绕着美丽的西湖走一圈，这条线路比较普通，休闲。

你还可以选择走茶舍与茶山相得益彰的龙井路。走走茶山，逛逛茶园。问路与问茶，也是种禅味的人生。

我经历过很有挑战的一条线路——从灵隐到九溪，再到龙井。清晨时过九里松，到不远的灵隐。在佛学院的门口，看一院的空灵。过灵隐而不入，一路可以看到一些不知名但却有味道的寺庙，比如法净禅寺、中印寺和法喜寺。去庙并不是烧香，对我而言，每个庙都是艺术的殿堂。可以在中印寺中欣赏佛家高僧的书法，庙小却很有品位。拾级而上，台阶上落满夏日的枯叶，就到了法喜寺。在法喜寺还可以用斋饭，体会在轻声轻语中，粗茶淡饭的安然。穿过雪峰梅灵隧道，去梅家坞问问茶，到云栖竹径看看竹海。到了之江路，再转到九溪路，看看重重叠叠山、曲曲环环路、叮叮咚咚泉、高高下下树的九溪烟树，经理安寺，过杨梅岭，出了山谷就是满觉陇路了。这条线路，颇挑战自己的体能，但风景也是最佳。我最喜欢的，就是杨梅岭村那条石板的小路，微雨的日子中，你瞻仰陈布雷和陈三立的墓地后，在烟雨轻洒的石板路上凭空感受行侠游客、浪子孤魂、油壁香车……在时空的畅想中，一声喟叹。

自然的美中，还有一种废墟之美。这是任何人造的景观所不能复制的，这也是需要时光来沉淀的。介绍一条我最喜欢的线路。从溪上坐车也可，走路也可，登顶玉皇山，下山访天龙寺造像，逛八卦田遗址，再上荒草丛生的凤凰山上看南宋的遗迹，从万松书院那里下山。有体力的情况下，你还可以再登老杭州风的吴山，从河坊街下山。这是最古风的徒步游。玉皇山、凤凰山上南宋的遗址，老杭州的吴山，组成了一个极佳的去处。曾经的富丽堂皇，都被雨打风吹去，在凄凄的荒草丛中，是否，还能听到曾经的故事？

“赖有岳于双少保，人间始觉重西湖。”杭州是大杭州，“南高峰北高峰，一片湖光烟霭中”。三面环山，山都不高。楼台亭阁，大小庙宇，随走随歇，处处风景。行走的线路，没有定数。由心，随性。可以随意在中途，由着心儿，改变了线路，风景就会在脚下豁然而开。

在湖上，堤上，山上，一不小心，你会越走越深，越走越远。走得再远，溪上都会呼唤你的归来。

在这个书吧和客栈完美结合的地方，你可以细看到每一盆花、每一本书、每一套茶具、每一个摆件都有一份独特在里面；大到房间的整个布局与设计，你都可以感受到一份精神生活与现实生活结合的东西。半隐，半现。儒、道、释以一种智慧完美的方式丰满地结合在一起。有精神洁癖的人就是这样，宁愿在屋中空出大块的地方，放置书架，放置精神的高地，也不愿意放弃书架而去增加房间的面积。

暗香浮动，溪上；时光寥廓，溪上。

梅妻鹤子的林和靖，最美的时候不是终身只有草木羽禽的他，而是写出《长相思》——“吴山青，越山青，两岸青山相对迎，谁知离别情？君泪盈，妾泪盈，罗带同心结未成，江头潮已平”有爱有情的林和靖；弘一法师最让人悲怆的，是那个叫叔同的男子留给雪子的背影……

处士小隐，半隐在溪上。

这也是溪上的魅力。

我为名山留个座，为你，等你。这是溪上不可复制，不能言说，无法衡量的力量。

这个力量，在你背包回到溪上的时候，有种包围着你疲惫之心的温暖，复苏你激情的正能量。

Chapter 4

小民宿也有春天

我所理解的民宿

民宿，顾名思义，即非官方的民间住宿。其起源有很多说法，有人说来自日本，也有人说来自法国。认真探究的话，应该要从英国的民宿说起。20 世纪 60 年代初期，英国的西南部与中部人口较稀疏，那里的农户为增加收入，将自家的住宅腾出一部分空间供旅人居住，采用 B&B（Bed and Breakfast，住宿加早餐）的经营方式和家庭式的招待，这便形成了英国最早的民宿。而这种经营模式也是日后遍布全球的民宿经营雏形。

日本的民宿行业最早则是由一些登山、滑雪、游泳爱好者租借民居歇脚或暂住而推动发展起来，因此，早期的民宿也多位于山水奇险之地。时至今日，民宿早已遍地开花，因其独具一格的设计感、温暖如家的经营理念而成为人们体验当地风土人情、衣食住行的不二选择，也成为最受旅行者欢迎的住宿形式。

相比英国的民宿，日本的民宿，似乎更为国人熟知，它们讲究“一泊二食”。一泊，即住一晚。二食，指提供两顿餐食，入住当天的晚餐和次日的早餐。日本素有泡温泉的风俗，入住民宿，“泡汤”之后，来一道家常的日本餐食，地道而自在。

这种家庭式旅馆的民宿文化，很快在台湾风行，并发展成为以品质、服务、管理见长的潮宿（即精品民宿）。为满足客人需要，让客人能够融于当地生活，与当地文化深度交流，民宿从业者甚至推出诸多体验式项目，诸如：农业体验（果园采摘、采茶）、手工艺体验（押花、陶艺、花艺、布染）、民俗体验和运动体验（徒步、冲浪、登山）等等。如此淳朴的民居生活，吸引着无数海内外游客，台湾民宿也迅速成为一个热门行业。在台湾农业部的支持下，早期的台湾民宿甚至不用办理任何证件，只要住房不超过 15 间，均可视为农副产品，自由经营。

于中国大陆而言，民宿这个名词进入公众视野，风靡一时，似乎是近几年的事（早期的客栈和农家乐实际上也属于民宿，只是叫法不同）。而今，随着台湾旅游业对大陆的影响，以及出境游客的日益增多，视野拓宽，民宿文化也如洪流一般涌进大陆，一路高歌，成为越来越多的人外出住宿的首选。

除了早就韵味十足的古镇客栈（早期民宿在古镇的普遍叫法），现在越来越多的人更加倾心青山绿水之间的淳朴小屋。于是，中国的民宿业按区域划分，大致是云南一带以大理古城和丽江古镇及周边区域为热门，浙江以莫干山及周边一带为热门。

中国民宿究竟是什么样子的？在城市，越来越多的人将自家住房改造，以舒适、敞亮、别致的漂亮空间，温馨自主式（仿佛在朋友家一样）的服务吸纳客人。在乡村，人们将老房子或者农民房改造，以田园风光为依托，将民宿打造成“桃花源”，吸引着那一群时常做着“归隐”梦的都市人。而在本身就个性十足的各地古镇，民宿早已如万花筒一般，开出属于每一间民宿自己的花朵。可谓千姿百态，各有风韵，颇有“百家争鸣”的繁荣景象。

我曾参加过杭州市副市长牵头的关于制定杭州民宿标准的研讨会，但就我个人而言，始终没有找到真正可以将民宿标准化的准则。据说浙江某所大学的旅游学院受政府委托，调研了近两年，采访了近500家民宿主人，运用了一大堆科学数据，嵌入了全球标准化内容，参照日本、中国台湾、韩国等地的民宿样本，终于做成一个相对标准的条例。

条例内容大致是从民宿消防设施的配备、房间数、房屋租赁属性、食品安全、卫生安全等方面做了系统的规范，并明文规定民宿必须要有设计感与服务特色。

在我看来，这样的条例不过是将民宿的“形”进行了规范，但无法表现民宿的内涵。对于民宿神韵的理解，就如理解《道德经》，只能是民宿主人自己去体会了。我自己开了那么多家民宿，每一家的属性都不一样，也无法统一标准。

我心目中民宿的神韵，大抵如陶渊明的“采菊东篱下，悠然见南山”，抑或是海子的“面朝大海，春暖花开”。民宿是个人理想生活方式的充分体现，是自己的灵魂栖居地，是任何时光都心生欢喜的梦想居所，是把美好生活带给他人的最佳平台。

在我眼里，民宿是设计师梦里寻它千百度的作品，是一个灵魂与另一个灵魂的相遇，是历经风雨的旅客的港湾。从商业与人文价值来看，民宿，可以是一个地方的文化沉淀，是城市内涵的传承者，让人看得见生活的艺术与美好。它也可以是乡村经济的新能源，让沉睡的自然资源苏醒。简单来说，民宿应该是投宿者最理想的家的样子，更是民宿人喜欢的生活的样子。

随着中央政府一次又一次发文倡导发展乡村旅游经济，很多地方政府也积极出台相应政策鼓励民宿发展。浙江很多县市，对第一批把农家乐升级为精品民宿的主人，有高达 80 万元的奖励。我曾去过湖南长沙附近大山里的一个乡村，从市里开车过去近两个小时。当地村干部跟我讲他们对民宿的发展计划，我惊诧不已。如今，很多资本市场也跟风进入民宿市场，甚至房地产公司也开始有民宿发展事业部。

显而易见，开民宿似乎成了一件时髦而潮流的事，像是又一轮“淘金热”。但我并不看好目前火热的市场假象，因为开民宿讲究的是一份淡泊名利的匠心，只是一桩也需要靠“手艺”吃饭的小生意（从装修到经营都需要有个人特色），一种不算那么主流的生活方式。

靜待春暖花開
你若笑了
花就開了

民宿文化的哥德巴赫猜想

大约 10 年前，花间堂从云南丽江起家，开出了第一家精品民宿。可能老板也没想到如今的花间堂会有这么多分店。其品牌知名度在业内外都极高，好评无数。我当然也是喜欢花间堂的，它在循序渐进的稳步扩张中，以单店盈利为基础，以“润物细无声”的姿态浸润着中国民宿市场。

花间堂的选址大多在丽江、苏州、杭州、安吉……这样一些风景宜人的地方，且在城市的边缘地带。它经营得也不错，但还是谦虚而有远见地与猫的天空之城概念书店（简称猫空）进行了合作。

猫空作为一家在近几年异军突起的民营书店，颇具个性。“我们是书店，有一个院子，有一本书，有一张明信片，还有一群朋友。”这样的口号在开店之初就已经吸引了无数文艺青年。这里只卖旅行、艺术、绘本、文学四类书籍和它自己设计的产品。明信片、手绘地图、特色书签，每一件小物都凝聚着猫空人的智慧与感情。而在这些设计品里，“寄给未来的 ×××”已成为猫空的专利，每一个人都可以在选定的日子寄明信片、寄礼物给朋友、家人或者自己。

随着猫空加盟店经营模式的开放，以及与花间堂的合作，时至今日，猫空已在全国遍地开花。猫空人说，以后，有花间堂的地方，就有猫空；有猫空的地方，就有花间堂。

猫空加花间堂，是一个典型的民宿经营渗入文化元素的现象。这样的结合，无疑让民宿“腹有诗书”，气质当然也与众不同。

橄榄一枝民宿位于西藏拉萨，一楼大厅处设有一个非常漂亮的串珠一角。老板用佛珠文化，吸引了大量的住店客人，且声名远扬，无数游客慕名而来。据说，这里一年出售的串珠营业款已远远超越了民宿本身，对于一家小民宿来说，利润高得让人羡慕。

位于上海朱家角的木民咖啡民宿，面积不大，只有三个房间，都是临水而建。每个房间都不算大，但均有一个临水的日式榻榻米供客人喝茶、发呆、打盹。老板娘在一楼留出了一大片空间经营她的禅意服装，入店即感受到民宿主人的生活主张与文化喜好。不管是住店客人，还是流动游客，都为这个“特色服装店”驻足。对于众多女性客人而言，喝着咖啡，买着衣服，累了还可留宿一晚的感觉真是美妙至极。当然，一件衣服卖 300 ~ 1000 元，一天多出售几件衣服远比多招揽一位住客的利润高得多。老板娘也算活得通透之人，知足常乐，时常感恩这样的生活现状，“在上海，我很庆幸开个禅意小店就过上了自己想要的舒服小日子”。

我对民宿有一种哥德巴赫猜想*——将文化与民宿有机地结合，让民宿多元化，而不仅仅是一个单一的住宿空间，这或许会是民宿业未来的核心竞争力和魅力所在。

* 哥德巴赫猜想即任一大于 2 的偶数都可表示成两个素数之和。它是数论中存在最久的未解问题之一。这里指民宿业中将多个文化元素相结合的混搭经营模式的猜想。——编者注

小而美——一家人气民宿的风格要素

“小而美”是我这些年在经营民宿的过程中，慢慢形成的核心理念。也因为这个理念与森哥相遇。他以相同理念经营着咖啡店，于我而言，亦师亦友。我的每家店，均具备三个特点：小店、小资、小众。

小店——舒适慢活

在台湾有一条不成文的规定：民宿不得超过 15 间房。我也这样规划自己的小店。15 间房的规格，基本能让民宿主人顾及每一位客人。房间少了不划算，但房间多了，就注定只能像传统酒店一样，只有冰冷的住宿，没有温情的人文关怀。

15个房间，配备一位清洁阿姨，一位前台，一位管家，刚刚好。民宿传达的是一种舒适慢活的生活态度，民宿人也致力于营造风轻云淡的美好时光。如若员工都忙得人仰马翻，疲惫不堪，自然是违背初衷，丧失了民宿的真正意义。

小资——亲民的诗意栖居地

“小资”一词是多数客人在入住我的小店后的直观感受，我也毫不自谦地认为，一间民宿应该要体现出绝对的生活品位，让投宿者能充分感受到房间内一桌一椅，一杯一碟的雅致与情调。

如何做到小资呢？一个最简单粗暴的衡量方法就是装修费用的投入。通常来说，平均每个房间10万元的装修费用，品质不会差。在江浙一带，这样的小店比比皆是，城市民宿房价一般定为400～600元／晚；乡村民宿，房价则为600～800元／晚。

此外，要做到更有品质、更具个性，那就需要民宿主人的良好审美能力、高雅生活品位，以及大量的精力投入。一块老木板，一张船木做成的桌子，一扇旅行时淘来的、明清时期的老宅的门窗，一件特别的古董摆件，这些有历史沉淀与故事的物品，可以增加一间民宿的底蕴，也能更好地体现民宿的个性。我一直努力让自己的民宿小店达到“轻中”“轻奢”的水准。

轻中：一栋房子，若装修得像皇宫一样富丽堂皇，会让人有疏离与压迫感。但适当运用一些中国元素，让房子显得古朴典雅，有文化韵味也是极好的。中国古代文人墨客素有九雅：琴、棋、书、画、诗、酒、茶、花、玉。善琴者轻弹旋律三分醉，善棋者黑白参差云雨颠，善书者无芳无草也飘香，善画者一毫漫卷千秋韵，善诗者春花秋月尽成韵，善酒者会友斟杯醉亦狂，善花者撷取清风一地香，善茶者静心洗浴不张扬。可谓每一件雅事都能让人心生无限欢喜，给人意想不到的美好感受。倘若房间再放上玉器点缀，整个空间也都会变得温润剔透（考虑到玉的价格对于一间小小的民宿来说，还是太奢侈，不做推荐）。

当然，若是想要更接地气一点，给人带来舒适触觉的木制品也会是房间陈设的不错选择。找来一块品质上乘的木板，打磨表层，使其露出内部黄色的纹理，做成桌子、茶几、床头柜，抑或任一物件，都会让房间显得漂亮而温馨。竹子是典型的中国文化元素，且寓意深长。在民宿里养几丛竹子，或将药水煮过的防腐竹子做成门、摇椅、家居装饰品等，可瞬间让房子变得古朴清雅。另外，很多人也喜欢古代的“小姐床”，但这种雕花大床体型庞大，给人厚重感。为了让客人睡眠轻松些，不建议使用。

此外，如果已经把自己的店装修成“轻中”风格，有禅意的装点也是必不可少的。一枚细细高高的花器，一枝长细的柳枝，几套简洁大方的茶具，几株造型独特的植物根茎，都是不错的选择。不建议在民宿客厅、卧室放上佛像、佛头，佛家清规很多，容易让客人拘谨。

轻奢：满足客人的精神需求是精品民宿的追求之一。然而，民宿之所以为“民宿”，始终还是不能离开一个“民”字，亲民的装修，亲民的价格才能受到客人青睐。因此，轻奢便成了最好的选择。它介于奢侈与粗陋之间，既保证品质，又不显得奢华无度（如果重金打造，那就是私宅而不是民宿）。

小众——只给喜欢的人

有人喜欢西餐，有人喜欢中餐；有人喜欢寻隐者不遇，有人喜欢闹市喧嚣。可谓萝卜白菜各有所爱，我们不能以自己的价值观和想法，来约束别人的生活和行为。所以，日式装修，欧式装修，东南亚装修，中式装修，或高大奢华纸醉金迷，或草根茅庐简约平淡，只要民宿主人自己觉得是合适的，那就是正确的。

在北山路新新饭店边上有一间不到 10 平方米的晓风书屋，小到转身都要与其他书友脸贴脸了，但这并不影响它的精致与美好。据说，边上还有一个正在装修的门面，是租给一家咖啡屋的。一个面对西湖，地段如此好的老牌饭店（成立于1937年），为什么要把橄榄枝伸向书店和咖啡屋而不是一家快消品店？我想更深层次的原因是咖啡屋和书店都是精神文化空间，是可以有思想碰撞与情感交流的社交场所。根据马斯洛需求层次理论，人们在满足了基本的衣、食、住等生理层面的需求后，更多的是寻求安全感，渴望获得爱与尊重，以及自我实现的精神需求，而社交是获得这些精神需求的前提。

在欧洲，很多马路边的小店，装修精美，让人看一眼就有走进去的冲动。小店里的精致陈设总让人惊喜，颇具心思的摆件总让人忍不住要多看两眼或者拿起来把玩一番。而在国内，除了政府近几年刻意打造的少数几条休闲街上有一些温馨美好的特色小店外，大部分街道两旁，多为杂乱无章的街边摊、快消品店。我始终相信，爱美之心，人皆有之，美好的事物人人都需要，随着人们生活水平的逐年提高，我们终将迎来孕育美好小店的春天。

乡村民宿的未来

大约10年前，乡村旅游有所起步。很多美丽乡村的家庭主妇，为了打发空闲时间，在自己家里开起了农家乐。那时候，中国人的旅游方式主要是随团旅行，自由行、自驾游并不盛行，一家旅行社组织几十个人到农家乐吃住一天，大概每个人花费80元。

由于这些农家乐的经营者基本都是当地的农民，他们对城里的卫生要求不那么熟悉，也没有接受过系统的培训，在接待中少有服务意识，因此，这类农家乐不尽如人意。

随着人们生活水平的不断提高，这样的组团旅游方式与住宿条件慢慢被淘汰。现在已存的农家乐，基本接待的是老年团。

并不是老人们没有钱，而是他们的节约观念根深蒂固。在江南一带，农家乐只是在避暑旺季7月、8月和9月比较热闹，到了10月以后，门可罗雀，甚至不得不关门歇业，一直到第二年的5月份。由于价格低，经营时间短，农家乐户主们已不再能赚到钱。

前几年，用自己家的房子开农家乐，一年能轻松赚取4万～5万元，既可补贴家用，也可打发闲暇时间。随着中国农村制造业的增加和民宿兴起，每年去民宿里上班，也有4万元左右的收入。如果一户人家有两套房子，把其中一套出租，一年也有10万元收入。自己开一家店，要操心劳神，很多农家乐主人便在考虑着要不要放弃自己家的店，去附近工厂或高端民宿上轻松班。

近几年，城市就业率逐年降低，房价不断上涨，就业难、定居难、没有归属感的年轻人开始逃离大城市，考虑返回家乡寻找工作。这些原本来自乡村的年轻人在大城市里见多识广，接受过大城市里前卫的理念和多样化的生活方式，加上自己或者家里的些许积蓄和自有房产，越来越多的人尝试开一家有设计感、精致的民宿。

据有关数据显示，从2015年开始，乡村精品民宿里，有10%的民宿主人是这样的背景。用自己家的房子开精品民宿，物质安全，资金安全，经营安全，心理上也不再有巨大的压力。不过，很多人仍对如何经营好民宿有很大的困惑。

这些归乡“游子”对民宿的设计、外观、服务、营销等一整套流程都有较高的要求，如果普遍成功，中国的乡村民宿，将会以这个群体为基础，生根发芽。在激烈的竞争中，他们会逐渐掌握经营精品民宿的精髓，把当地乡村民俗与文化融入经营中去，客人喜欢，他们也找到了成就感。那时候，乡村精品民宿将枝繁叶茂。

早些年，一些社会成功人士或造诣颇深的艺术家，喜欢去中国的古镇上寻找老房子，花心血将其改造成为古镇上的一道风景线。这些古镇的新居民们，一边体味人生、玩意境，一边接待南来北往的客人。近两三年来，一群外国人在莫干山脚下，把“洋家乐”也玩得风生水起，并带动了一大批中国乡村民宿的兴起。

中国的古镇资源相对缺少，特别对于上海、北京这些大城市来说，能让那些有想法的精英大咖找到心仪的“隐居”之地，并不容易。有意境的古镇资源也不多，成熟的有平遥、阳朔、凤凰、乌镇、大理、丽江……然而，这些地方已经非常繁华，早已被过度开发与消费，很难满足寻一方净土的都市人。

我有一个在上海某杂志社的朋友，她几次想卖掉家里的房子，与先生一起到丽江的白沙古镇去定居，终因父母在上海，年事已高，不敢走远。他们委托我在浙江温州的楠溪江边上，找到一所老房子，经过半年多的装修改造，现在长期住在里面。他们过着山里人的生活，也接待一些客人打发时光，赚取一点收入维持日常开支。

中国地大物博，资源丰富，如果不以古镇而是以山水为衬托，以森林为据点，以村庄为载体，这样的地方就太多了。特别是离上海只有三个小时车程的浙江各县市，山清水秀，风光旖旎，可以为都市人的“归隐”梦提供理想的场所。

艺术家、文艺大咖这样的群体到乡村里开民宿，大多不得要领，不能得到预期的回报。我想可能是因为他们太关注艺术层面，对民宿“主人文化”的理解有偏差。民宿的主人文化，是需要与客人互动的，自我陶醉的主人文化，在我看来，并不是真正的主人文化。主人文化是建立在服务之上的服务文化，它需要主人、管家有较完善的服务流程与方式，并且融合主人的特长。有时候，我想，宁可民宿主人是懂得服务的有艺术爱好的普通人，也不要是懂艺术不强调服务的艺术家。

2015 年，媒体报道浙江外婆家餐饮老板吴国平在浙江桐庐买了一个村庄开发民宿。听到这个消息，我跑去桐庐一探究竟，看到很多小溪边的老土坯房被槽钢从内部架起来，既保证了房子的安全，又保留了房子外层夯土的结构与印记。我想象修缮完成后的模样，肯定是与山水相得益彰，分外漂亮。

2016年，我又陆续关注到，不断有大的集团收购一个村子进行民宿开发，就连绿城房产也在临安的青山湖边开发了民宿项目。特别夸张的是，在浙江桐庐的深山里的畲族村落，竟然开着一家南京的“先锋书店”。想到这家书店看书，需要开车，通过陡峭的盘山公路近两个小时，方能到达。

2016年下半年，我在形势的鼓动下，去安吉找了一块茶园，有150亩。茶园里，还有一小片水域，整治好可以在湖面泛舟。租金是500元一亩。年租金是7.5万元。政府预期把这块茶园立项，然后以点状用地的方式，批给我三亩地。我也策划着在那块地上，建造15栋木屋，打造中国最迷你的旅游目的地。效果图里有水边的木屋，小酒馆，乡村书店，咖啡馆，瑜伽房，还有小型儿童娱乐区和台球房。可居住房间有10套。政府批的三亩点状用地是有房产证的，这是一个很好的保障。对于这个小项目，我一直跟踪盘算了近一年，付了2万元定金后，最后还是放弃了。原因很简单，当民宿变成了项目，我要的这个民宿已不叫民宿，而叫度假村。

从某种角度来说，我并不反对民宿的连锁经营。很多人艳羡和怀念台湾民宿主人文化的纯粹。其实，如果你真的去台湾，去深度了解台湾民宿主人的想法，会发现他们有很多人是想有进一步发展的。2016年秋天，莫干山从前慢的管家蓝花楹去台湾旅行了半个月，在此期间遇到了一位在海边开民宿的当地人。因为同是民宿人，蓝花楹跟对方相谈甚欢，并透露我也有去台湾开民宿的想法，于是那位民宿主人一直与我保持着联系，并表示了强烈的发展愿望。

我在 2017 年元旦去了台湾，约好见面的是台湾观光旅游学院的陈老师，他在台北有两家自己的民宿，客人大多是日本人和韩国人。在促膝长谈的夜晚，他表示由于多种原因，中国内地的自游行客人突然减少，导致他想到中国内地开民宿连锁，想要发展壮大他的民宿规模，但苦于找不到合适的人选因地制宜地帮他打理。我随即提出我的管家文化的想法，他频频点头表示认可。

设想有人在浙江仙居开了一家民宿，在温州楠溪江边开了一家民宿，在安吉开了一家民宿，在莫干山开了一家，在太湖边开了一家，桐庐开了一家，每一家民宿都不超过 10 个房间 ，每家小民宿的管家，都非常有个人特点，有擅长唱歌的，有能赋词的，有会盆景艺术的，有善于书法的，有厨艺超群的，那该多美好。这是我想象中民宿连锁该有的样子，而不只是一个又一个仅由老板运筹帷幄的项目。

城市民宿的发展预测

犹太人做生意，总是喜欢在合理的资源分配中寻找商机。比如一个犹太人开了一家加油站，生意非常好，另一个犹太人会考虑在加油站边上开一家日用品小超市，合理搭配资源。而聪明的中国人也许会在生意好的加油站边上，再开一家加油站，然后，再开一家，直到有加油站倒闭为止。这种现象在中国的民宿业中也很常见。

民宿的竞争从古镇一直延续到现在的浙江乡村，中国其他地方的乡村民宿还是星星之火蓄势待发，浙江乡村民宿早已是优胜劣汰的残酷竞争场面。而城市民宿更是竞争白热化。从蚂蚁短租、小猪短租再到 Airbnb 全球网络短租公司，短租业务早已从自家的闲置住宅蔓延到地产业的闲置住宅小区。

那么，中国的城市民宿一直蔓延下去，最后会如何呢？

短租网的兴起，直接刺激和带动了中国城市居民对家里空置房的利用。一部分居民把自己家闲置的房子拿出来，放在短租网上出售给客人。这些房子的特点是，有城市文化，有市井味道——有厨房，可以自己做饭。庞大的中国人口基数和消费潜力，让更多的专业人士和公司投入到短租行业。他们将房子租来进行较为专业的改造，运用专业的运营方法，让更多有品质的短租房呈现在客人面前。

杭州芝壹短租房是一位设计师发起的，现在已做了十几套房子，每一家都不错。这样的产品，最大的特点是主人不在，客人自由自在，这体现了非常高的信任度。一套房子的配置物品，随便被客人带走一件，价格少则几百元，多则上万元，但迄今为止，从未听闻哪家民宿在客人退房后少掉一样东西，这让我非常欣慰。

文化生活体验空间——城市民宿的个性主张

如果主人无法亲自打理民宿，而市场竞争日趋激烈，这种情况下如何取胜呢？我想，房子本身的文化景观至关重要。我曾找到杭州枫林晚书店的老板朱升华先生。朱先生毕业于厦门大学，已近知天命的年纪。他开的枫林晚书店在杭州有 20 年历史，这对一家民营书店来说，实属不易。我与朱先生长谈了关于枫林晚与我的一间房民宿合作的事宜。我想把枫林晚书店嵌入我的民宿中，做成枫林晚书房，可以让客人在度假或是差旅的同时徜徉在书海里。

蔡哥从澳大利亚读博士回来后，浙江工业大学曾邀请他去当教师，他考虑再三，拒绝了这份家人觉得稳定又体面的工作，反而选择回到澳大利亚，跟一对老夫妇学做手工皂。他说他喜欢纯天然的东西，他要做小而有意义的事情。学了半年回来，他一边代理澳大利亚手工皂的产品，一边自己研发，后来又去台湾精学了手工皂手艺。我找到他，提议合作——他在我的小和山民宿里免费教客人做手工皂，我分一部分收入给他。他给自己的手工皂店起名字叫“素朴心”。在合作的半年里，很多客人因为想学手工皂而过来小住几日。

轰趴——民宿的另类玩法

小乔毕业后一直没有找到合适的工作。他父母是温州人，在钱塘江边上给他买了一套房子后，就去非洲做矿石生意了，小乔独自一人住在三室一厅的大房子里。了解“轰趴”后，他用自己家的三室一厅做起了类似的聚会活动。刚开始，小乔的业务还算凑合，每个月少则三四场，多则有六七拨活动。其中大多是小范围同学聚会，生日派对，闺密小聚，以及一些创业小公司的月会。

做了大半年后，小乔找到我说“轰趴”没有以前好做了，一个月只能接到一两单生意。我给小乔分析了消费升级的理念，在快节奏的都市，越来越多的人不会无缘无故聚会，我们需要寻找有凝聚力的事物，做有关联的联合。于是我们将“轰趴”的运营思路转为一起玩的时候学一门手艺。例如，聚会期间，房东请一位专业咖啡师教大家一些咖啡的基本知识、如何做一杯咖啡。或者，请一位烘焙师到现场，教大家如何在家制作西点。

聊完之后，小乔脑洞大开，做了很多颇具创意的“轰趴”活动。看到小乔的“轰趴”业务有了提升，我也在青芝坞策划了一个活动：包小院可以品赏汉服。花 1280 元租下整套房子，便可免费观看、参与穿汉服表演。浙江传媒学院的十几个学生订下了这场活动。我运用自己的资源，做了一个还算成功的尝试。“轰趴”作为 90 后的新鲜玩意，会在城市民宿里延伸出更有意思的产品。

楼宇里的山水田园

乡村民宿总是给那些有钱又有闲工夫的人提供了美好的享受空间。而对于忙碌的商务客人来说，真是可望而不可即。惜时如金的商务客人，不可能驱车两三个小时，只为到山里住一晚。多少忙碌不堪的都市人因没有时间出行而焦灼不安啊。

假如在城市的楼宇之中，有一间两层楼的花园小院（底楼是住宿，顶楼为平层花园）可以招待这群无法“逃离”都市的人，这应该是个小小的安慰吧。

一次旅行，我们需要在贵阳停留一晚。Sail在网上寻寻觅觅，找了一家城市民宿。能在贵阳找到民宿，当时觉得很新鲜。车子跟随导航提示穿过大街，向脏乱的小巷行驶的时候，大家都担心今天晚上住宿的品质。

我们把车子停靠在一个蚊蝇飞舞的水泥垃圾站边上，下了车，对照网上搜来的地址，确认了正是眼前这栋破旧的老式楼房。房子大概有10层。长年累月未曾清洗的外墙，老式电线的铁支架。被雨水腐蚀后的铁锈，形成一条条黄斑线，长长短短地黏挂在污垢墙砖上，显得特别寒碜。从大楼门口走进，隐约嗅到下水道的臭味。我们一行人，站在大楼门口，商量着要不要上楼，看着那手写的提示牌——民宿在七楼的字样，大家有点不知所措。因为订房有担保，这是所有民宿的特性，只能去看看再定。

按下电梯按钮后，听到电缆带动电梯厢的晃荡声，电梯门以每三秒停顿一下，再缓慢打开一点的方式迎接我们，大家看着都心里发紧，手里捏出一把冷汗。随着老电梯吱吱呀呀的声音，我们终于到了七楼，电梯开门之时，一位长发披肩，约莫20多岁的女生正在电梯口等着我们。她面带笑容，用清脆的声音问候我们，让人感觉如沐春风。进门过道用青石板铺设，边上镶以白色小石子，两边有零星竹子生长，难辨真假。走过一条小小的拱桥，就到了前台。小女生帮我们接下行李，随即就兴冲冲地要带我们去休息区喝茶。

一路走到休息区，途经一条人工建造的小小水流，里面有很多彩色的鱼在游动，非常好看。休息区边上是全落地玻璃，由于这边没有高楼，能看到远方的风景，感觉非常棒。阳光刚好透过玻璃，把空间映衬得非常温暖。这时，老板走了过来，不卑不亢地与我攀谈。这才得知老板原先在阳朔开民宿，妻子是贵阳人，因为妻子怀孕了，只能把阳朔店转让，陪妻子回到贵阳准备迎接新生命。在等待孩子出生这段漫长的日子里，他一直想着自己曾经的小民宿。

朝思暮想中，他突发奇想在贵阳开一家城市民宿，把所有在阳朔民宿的元素全部搬过来。阳光、水、院子、客人休息区和房间的风格都按照他在阳朔民宿的样子，重现在这个七楼。

这个为了解决烦闷的行为，给他带来了丰厚的收入。平均房价500多元，12个房间，一年收入竟然有130多万元。毕竟，在这个破旧的楼宇里，房租只要8万元一年。

第二天退房的时候，我们大为感慨地在网上给予了满分的评价。这大概就是民宿的魅力：有意思的房子，有趣的主人和他的故事。

我确信，在中国未来的城市中，一定会有“城市民宿”的概念产品，且会遍地开花。民宿最大的优势是关怀客人，民宿的关怀情感大多是“母亲式”服务，没有太多的标准，但让人感觉亲切自然。这正是忙碌的城市人，特别是商务人士所需要的。民宿产品的设计感又比较强，加之主人或管家文化的嵌入，这样的产品，是传统酒店与美好民宿之间衍生的新方式，是民宿产品的延伸与自我修复。

后记　有一种诗和远方叫民宿

年少时，有一个画面总是出现在我的梦里。在一望无垠的山坡上，满山遍野的油菜花热闹地绽放着。阳光下，蜂飞蝶舞，美景让人沉醉。在整片花海里，有一栋小房子，白墙黛瓦，安静地坐落在那里。

2000年后，我开始游历中国古镇，郭庄、平遥、阳朔、光福、涞滩、凤凰、甪直、周庄、宏村、塔川、云水谣、木渎、同里、千灯、龙门、朱家角、西递、乌镇、丽江、大理……累积约有30多个。寻寻觅觅，却发现无一处与梦境中的场景相符。

一年春天，我与同事去婺源，才算了结了这场旷日持久的“周公解梦”之路。在婺源，井然有序的坡式梯田里，油菜花开满山野，蔚为壮观。在无边的油菜花之间，错落着徽派高高低低的农家房子。虽然不是梦里独立的一栋，却与梦里定格的画面，基本吻合。站在油菜花丛里，我欣喜若狂：哦，原来你在这里。

婺源虽在江西，却是徽州文化的发源地。至今仍有很多人在这里开采、加工徽砚石料。我喜欢纯粹的乡村民宿，它是物质生活与精神生活相对平衡的平台，给予了人们日常生活之外的另一种生活方式。很多功成名就的人，在山村阡陌间，抑或城市的特色一角，寻得一所房子，用自己的方式装饰，做成了民宿，接待那些理解自己习性的客人。过云山居民宿的三位主人是设计师，虚荣民宿的老板是作家蒲荔子。我有一友人，在上海打拼多年，任职世界五百强某企业大中华区总经理。某日身体抱恙，后被诊断出患有癌症。他索性辞职跑到德清某座山脚下，买一农房，隐居疗养。为打发寂寥时光，他收拾了两个房间接待客人。三年后，去上海复检，所有指标正常。此时，他积累多年的存款，已所剩无几。但他早已无心回到从前，而是醉心于自己的民宿，生活得优游自在。

民宿与其他行业一样，在行业发展初期，只要装修好了，把小门开着就能门庭若市。随着民宿业的发展，越来越多的人蜂拥而至。当太多的人进入民宿行业时，民宿就在“市场”与“情怀”的天平上摇晃不定了。自媒体发达的今天，每个人都成了信息的传播者。民宿该如何装修，如何运营，众说纷纭，实际运营者与理论学者们各自发声，好不热闹。

就中国的乡村民宿而言，更是冰火两重天。除了浙江的山水之中，民宿比较发达一些，中国其他地方几乎还只是星星之火。一次去湖南长沙附近一个村子帮友人物色开民宿的房子，当地的乡村干部把民宿当成一个稀有物种，充满好奇。对于广袤的美丽乡村，民宿还是一片平静的蓝海，大家完全没有必要去看似火热的地方争得头破血流。

我与民宿之间，多是一种宿命关系。幸运的是，当人们物质水平提高后，开始喜欢民宿时，我刚好在其中。从开始从事民宿行业到现在，已有十多家小店，并且每一家小店都存活得很好。我与很多客人成了要好的朋友。莫干山夏天多雨，有三位熟客来入住时，恰好雷雨交加，索性脱光上衣，站在院子里淋雨。后来电闪雷鸣，店里的热水泵不幸坏了，其中一位客人是学机电专业的，当即就把热水泵给修好了。大家都兴奋不已，提议晚上举杯同庆，因为有热水洗澡了。

在写这本书的时候，编辑陈小芬给了我很大的帮助，多次在我一时思路枯竭，不知如何下笔的时候，给我信心，甚至一字一句地教我。我不知道其他出版社的编辑与作者是如何沟通的，反正我是被感动了。这般用心，正如我经营民宿时所注重的与客人之间关怀性、参与性的情感，有原则，但更有爱。她给我看了一段芬兰作家提姆·莫尼纳的言辞：“旅行时，不要只是观光景点，而是要去体会居住在当地的感觉。”我觉得这段话很好地解释了为什么有一部分人会喜欢民宿——这样就能从不同的角度看待自己，以及与当地文化的关系。

原来，民宿不仅仅是主人自己的个性与文化品位的体现，也是能唤起客人情感共鸣的载体，能让他们在其中找到可以到达他们内心深处的东西。

因为喜欢婺源，每一年，我都会跑到这片油菜花盛开的地方。油菜花非常接地气，民宿也应该是。如何让更多喜欢民宿的人住得起民宿，这是一个严肃的问题。3000～5000元一晚的房费，更多地体现了“精英文化”，离“民”字越来越远。这次去婺源，住在篁岭的一家民宿里。民宿老板跟我，侃侃而谈，畅聊情怀。他是生意人，早年在商海里征战厮杀多年，腥风血雨里，历经人生百态，如今也算是归隐田园。他笃定地对我说：“民宿里是必须要有情怀的。”我非常认同他的观点。虽有很多的商业规则，但民宿最核心的本质不就是安静吗？用情怀轻松随意地发现并创造生活之美，如写诗一般，展示给他人一种美好的生活可能。

尽管诗是美好和浪漫的一种表现，但不是所有人都能写诗。民宿亦如此，所谓术业有专攻，并不是全世界的人都能开民宿。中国美术学院的一位教授在外桐坞村开了一家民宿，七个房间，推窗可见茶园，山好水好茶好。一天偶遇，他谦虚地问我经营民宿的诀窍。我如数家珍，把对民宿的理解告诉他。教授听后问我："我的民宿有深厚的主人文化，装修很美，位置见山见田，具备了一家美好小民宿的所有条件，为什么我还是经营不好？"我的解释是："任何事物都有它的属性。民宿人是一个懂运营、懂管理、懂生活的艺术爱好者，而不是艺术家。"

民宿一定是少数人在干的事，所以被大多数人向往。看起来风轻云淡，其实并不简单。

远方之所以被人们向往，是因为只有少部分人去了远方，而绝大部分人在围观去远方的人。徐志摩、海子的诗，大家都很爱，毕竟能写出这样的诗的人不多。所以，围观的人，用心围观，读诗的人，认真读诗。如此，各有所得。

午候

2017 年 11 月